Heike Abidi
Und immer wieder Weihnachten

Dieses Buch gehört:

_____

5 4 3 2 1
ISBN 978-3-649-61503-3
© 2014 Coppenrath Verlag GmbH & Co. KG, Hafenweg 30, 48155 Münster
Alle Rechte vorbehalten, auch auszugsweise
Text: Heike Abidi
Illustrationen: Stefanie Jeschke
Lektorat: Isabelle Ickrath
Satz: FSM Premedia GmbH & Co. KG
Printed in Slovakia
www.coppenrath.de

Heike Abidi

Und immer wieder Weihnachten

Mit Illustrationen von Stefanie Jeschke

COPPENRATH

Inhalt

Kapitel 1: Aber du musst dich doch freuen! 10

Kapitel 2: Niclas ist an allem schuld. 19

Kapitel 3: Balthasars Schild 28

Kapitel 4: Bringen Scherben Glück? 38

Kapitel 5: Morgen, Kinder, wird's was geben! 47

Kapitel 6: Oh, du schöne Weihnachtswunderwelt! 57

Kapitel 7: Zu schön, um wahr zu sein? 65

Kapitel 8: Hilf mir, liebe Wunschkugel! 77

Kapitel 9: Aller guten Dinge sind drei 83

Kapitel 10: So ein Pech 94

Kapitel 11: Es ist genug für alle da 103

Kapitel 12: Alles Zufall? 113

1. Aber du musst dich doch freuen!

Vanillekipferl oder Zimtsterne? Noelle kann sich nicht entscheiden. »Beides lecker«, murmelt sie vor sich hin und vergleicht nachdenklich die beiden Rezeptkarten. Die Kipferl sind vielleicht einfacher zu backen? Andererseits – nichts schmeckt mehr nach Weihnachten als Zimt …
Am besten soll Mama entscheiden. Wo bleibt sie überhaupt?
In diesem Moment wird die Haustür aufgeschlossen. Das ist sie bestimmt!
Aber nein – die Schritte klingen so gar nicht nach ihren schicken Absätzen. Eher nach Winterstiefeln mit schweren Profilsohlen. Wie die von Niclas.
»Hallo, Schwesterherz, haha, du bist ja ganz schön albern angezogen«, begrüßt er sie wenig charmant. Wie große Brüder eben sind: Sie glauben, kleine Schwestern seien nur dazu da, damit man jemanden zum Ärgern und Streiten hat. Dabei ist Noelle gar nicht mehr so klein. Immerhin ist sie schon zehn – und Niclas gerade mal zwei Jahre älter, also längst nicht so erwachsen, wie er immer tut.
»Albern? Das ist mein Bäckerinnen-Outfit!«, protestiert No-

elle empört. Sie trägt eine rot-weiß karierte Schürze und ein blaues Kopftuch mit weißen Punkten, das im Nacken zusammengebunden ist, um ihre blonden Locken zu bändigen. Das Mehl, die Schüssel und die Küchenwaage hat sie auch schon bereitgestellt.

»Du willst backen? Kannst du das denn überhaupt schon?«, stichelt Niclas weiter.

»Klar kann ich das. Außerdem hilft Mama mir, sobald sie nach Hause kommt.«

»Pfff«, macht Niclas, »wahrscheinlich glaubst du auch noch an den Weihnachtsmann. Mama und backen? Heute? Dafür hat sie bestimmt keine Zeit. Sie hilft doch beim Geschenkeeinpacken fürs Seniorenheim. Schon vergessen?«

Nein, an den Weihnachtsmann glaubt Noelle schon seit ein paar Jahren nicht mehr. Aber manchmal wünschte sie, es wäre anders. Wie damals, als sie jünger war und noch nicht Bescheid wusste. Inzwischen ist sie natürlich viel zu alt für so einen Kinderkram – und leider findet sie die Vorweihnachtszeit seitdem längst nicht mehr so aufregend wie früher. Daran sind vor allem die dummen Erwachsenen schuld, davon ist Noelle überzeugt. Mit ihrem Gerede von Stress und Terminen machen sie alles kaputt. Ständig müssen sie Besorgungen machen, Weihnachtsfeiern organisieren oder sonst irgendetwas Unwichtiges erledigen.

»Aber Mama hat es mir versprochen, erst gestern«, beharrt Noelle. Beim Frühstück haben sie darüber gesprochen, wie viel Spaß das gemeinsame Plätzchenbacken machen wird. Mama wird Wort halten, ganz sicher. Bestimmt will Niclas sie nur wieder ärgern.

»Du wirst schon sehen«, meint der und verzieht sich in sein Zimmer.

Pah! Niclas wieder. Der hat ja keine Ahnung. Wahrscheinlich ist man mit zwölf schon zu alt, um sich überhaupt noch auf Weihnachten zu freuen. Niclas jedenfalls ist nur damit beschäftigt, so zu tun, als sei er furchtbar cool. Und wenn in einem der Päckchen, das unter dem Weihnachtsbaum liegt, das neue Computerspiel drin ist, das er sich so gewünscht hat, ist die Welt für ihn in Ordnung.

Aber als Mama wenig später abgehetzt in die Küche gestürmt kommt und sich ihr Blick sofort in pures Schuldbewusstsein verwandelt, sobald sie Noelle in Schürze und Kopftuch sieht, wird klar: Niclas hatte völlig recht. Leider.

»Noelle, Liebes, es tut mir fürchterlich leid, aber ...«, beginnt

Felicitas Engel mit ihrer Entschuldigungsrede. Noelle schaltet die Ohren auf Durchzug. Ja, natürlich ist Mamas Engagement für alte, einsame Menschen großartig. Aber noch großartiger fände sie es, wenn Mama heute mit ihr backen würde. Darf man kurz vor Weihnachten nicht mal ein bisschen egoistisch sein?

»Ich mach's wieder gut, mein Schatz, aber ich muss da heute hin. Wir müssen das Plätzchenbacken leider verschieben.«

Müssen, müssen, müssen. Immer die gleiche Leier.

»Ist schon gut«, seufzt Noelle und bindet die Schürze auf. Die braucht sie jetzt wohl nicht mehr.

»Was hältst du davon, wenn wir einen Spieleabend machen, sobald ich zurück bin? Alle vier – das wird bestimmt lustig«, versucht Mama sie mit einem gut gemeinten Vorschlag zu trösten.

Spieleabend klingt toll. Noelle nickt. Sie ist zwar noch enttäuscht, aber kann schon wieder lächeln. Mama gibt ihr einen flüchtigen Kuss auf die Locken, dann muss sie sich schon sputen: Büropumps gegen bequeme Freizeitschuhe

tauschen, hastig ein paar Bissen essen, schnell eine Tasse Kaffee hinterhertrinken. Schon schlüpft sie in ihre Winterjacke und verabschiedet sich.

»War doch so was von klar«, kann sich Niclas nicht verkneifen, als er wieder in die Küche kommt, um sich etwas zu trinken zu holen. »Und übrigens: Du siehst immer noch albern aus.«

Da erst bemerkt Noelle, dass sie das gepunktete Kopftuch nicht ausgezogen hat. Bestimmt gibt es coolere Kopfbedeckungen, das muss sie sich eingestehen. Aber deshalb hat Niclas noch lange nicht das Recht, sich über sie lustig zu machen! Große Brüder sind schlimmer als Schneematsch ...

Sie tut so, als hätte sie seine Bemerkung nicht gehört, und räumt ungerührt die Backutensilien wieder in den Schrank. Dabei denkt sie lieber nicht über ihren nervigen Bruder nach oder über ihre gestressten Eltern, sondern über den Spieleabend, auf den sie sich jetzt fast so sehr freut wie vorhin auf das Plätzchenbacken. Welches Spiel soll sie vorschlagen? Niclas ist ja meistens für irgendwelche Strategiespiele, Papa schwört auf das große Wissensquiz, bei dem er eigentlich immer gewinnt, und Mama liebt Würfel- und Kartenspiele. Hm. Wie wäre es mit Tabu? Das ist immer lustig. Und vor allem ist Noelle besser darin als ihr Bruder, ganz schnell Begriffe so geschickt zu erklären, dass ihre Mitspieler sofort darauf kommen. Niclas dagegen, der sonst gar nicht auf den Mund gefallen ist, druckst bei Tabu meistens nur ideenlos herum oder verwendet versehentlich eines der verbotenen Wörter.

»Dein Grinsen verrät mir, dass du etwas aushecksts«, sagt er jetzt.

»Ich grinse nicht, ich lächele«, gibt Noelle zurück. »Ich freue mich nämlich auf unseren Spieleabend nachher.«

Diese Neuigkeit sorgt bei Niclas längst nicht für so viel Begeisterung wie bei Noelle. »Spieleabend? Etwa mit dämlichen Babyspielen wie *Mensch, ärgere dich nicht*? Ohne mich! Ich bin heute Abend mit meinen Kumpels zum Multiplayer-Online-Fußballturnier verabredet. Die warten auf mich.«

»Das werden wir ja noch sehen«, antwortet Noelle. Da haben Mama und Papa auch noch ein Wörtchen mitzureden.

Als Mama gegen Abend von ihrem Hilfsprojekt zurückkehrt, hat Papa den Tisch fürs Abendbrot schon gedeckt. Und zwar nur für drei Personen.

»Ich esse gleich bei der Weihnachtsfeier des Sportvereins«, erklärt er und schaut hastig auf die Uhr. »Ich muss auch direkt los, die Feier beginnt in zwanzig Minuten. Und als Vorsitzender muss ich die Gäste begrüßen.«

O nein!

»Und was ist mit unserem Spieleabend?«, ruft Noelle unglücklich aus.

»Den müssen wir wohl verschieben«, sagt Papa. »Außerdem könnt ihr ja zu dritt spielen.«

Aber das ist nicht dasselbe, findet Noelle.

»Immer habt ihr was anderes vor«, bricht es aus ihr heraus. »So macht der Advent gar keinen Spaß. Am besten streichen wir Weihnachten gleich ganz aus dem Kalender. Ihr habt ja doch keine Zeit dafür!« Zwei kleine Tränen kullern über ihre Wangen. Verschämt wischt sie sie mit der Hand weg.

»Aber Noelle!«, sagt Mama. »Du musst dich doch freuen!«

Da ist es wieder. Dieses dumme Wort.

»Ist dir mal aufgefallen, dass Erwachsene immer vom Müssen reden?«, fragt Noelle ihren Bruder Niclas, als sie gemeinsam den Tisch abräumen.

»Du musst ja nicht zuhören«, gibt er schulterzuckend zurück. Noelle seufzt. Niclas ist wohl auch schon mit dem Erwachsenen-Virus infiziert.

»Siehst du«, ärgert er sie weiter, »das mit dem Spieleabend klappt nun doch nicht. War auch wirklich eine superblöde Idee von dir. Tja, umso besser, dann habe ich wenigstens Zeit für mein Online-Game ...«

»So, so, superblöde Idee«, mischt sich Mama in das Gespräch ein. »Diese superblöde Idee war übrigens von mir. Und wenn du nicht mitspielen möchtest, dann kannst du gerne früh ins Bett gehen. Aber der Computer bleibt aus.«
Niclas bekommt einen roten Kopf. Vor Ärger – und weil er sich schämt. Es ist ihm nicht klar gewesen, dass die Sache mit dem Spieleabend gar kein Vorschlag seiner Schwester war. Nun hat er aus Versehen Mama beleidigt. Und die Strafe gefällt ihm natürlich überhaupt nicht.
»Och bitte, Mama, das wusste ich nicht«, bettelt er. Doch Mama lässt sich nicht erweichen.
»Stattdessen kannst du ja mal ein Buch lesen«, schlägt sie vor. Niclas, der ganz und gar keine Leseratte ist, zieht eine Grimasse und verschwindet.
»Bleiben wir beide übrig«, lächelt Mama. »Was wollen wir spielen?«
Noelle wäre am liebsten auch ins Bett verschwunden. Im Gegensatz zu Niclas liest sie nämlich ausgesprochen gerne. Aber nachdem sie sich eben darüber beschwert hat, dass ihre Eltern zu wenig Zeit für sie haben, will sie nun keine Spielverderberin sein.

Tabu funktioniert zu zweit nicht. Leider. Es kommt, wie es kommen muss: Mama schlägt ein Würfelspiel vor, das Noelle ziemlich langweilig findet und bei dem sie meistens verliert. Genauso auch heute. Nach der zweiten Runde gähnt sie herzhaft – vielleicht ein wenig länger und auffälliger als nötig. Aber es funktioniert.
»Du bist ja völlig übermüdet«, sagt Mama. »Ich glaube, für dich ist es Zeit zum Schlafengehen.«

Fünf Minuten später liegt Noelle in ihrem Bett und starrt in die Dunkelheit. Noch drei Tage bis Heiligabend. Die Ferien haben schon begonnen. Aber wo ist das weihnachtliche Gefühl? Wo ist die fieberhafte Vorfreude, die Aufregung, das Kribbeln im Bauch? Für immer verschwunden?
Nein, das kann nicht sein! Bestimmt kommt die richtige Stimmung genau rechtzeitig zum Fest. Spätestens am Morgen des Heiligabend. Wenn die letzten Geschenke eingepackt werden, Mama in der Küche die Vorbereitungen für das Abendessen trifft und Papa den Christbaum aufstellt, den sie und Niclas dann gemeinsam schmücken werden. Ja, das wird bestimmt ganz wundervoll …

2. Niclas ist an allem schuld

»Wie – du hast es vergessen? Aber du hast mir doch fest versprochen, unser Geschenk für Mama und Papa zu besorgen«, ruft Noelle empört. »Wie konntest du es nur vergessen!«
»Autsch, nicht so laut, mir fallen gleich die Ohren ab«, gibt Niclas mürrisch zurück und zieht sich das Kopfkissen über den Kopf.
Doch so leicht gibt seine Schwester nicht auf: »Los, aufstehen«, kommandiert sie und zerrt entschlossen sein Kissen zur Seite.
Seufzend setzt Niclas sich auf, reibt sich verschlafen die Augen und schaut dann auf die Uhr. »Was, erst halb neun? Heute ist Weihnachten, da darf man eigentlich ausschlafen«, motzt er. Niclas ist ein echter Langschläfer. Wenn ihn niemand weckt, würde er bis mittags im Bett liegen bleiben. »Ich bin noch todmüde«, behauptet er auch jetzt.
Doch Noelle ist das egal. Immerhin war sie diejenige, die sich ein perfektes Weihnachtsgeschenk für die Eltern überlegt hat – ein neues Küchenradio. Und er war derjenige, der es hätte kaufen sollen.

Nun steht Noelle entgeistert vor dem Bett ihres Bruders, bewaffnet mit Schere, Glanzpapier, Geschenkband und Silberstift. Das Einzige, was fehlt, ist das Radio. Kein Wunder, dass sie wütend reagiert hat, als Niclas eben im Halbschlaf murmelte: »Ach, Mist, ich wusste doch, dass ich irgendwas vergessen habe.«

Irgendwas. Als ob ein Weihnachtsgeschenk für Mama und Papa irgendwas wäre. Und jetzt ist er auch noch zu faul um aufzustehen ...

Noelle ist richtig sauer. Sie hat sich so auf heute gefreut und nun geht schon gleich alles schief.

»Du willst also ausschlafen? Tja, das wäre kein Problem, wenn du dich um das Geschenk gekümmert hättest«, gibt sie mit strengem Ton zurück. Sie klingt fast wie Mama. »Aber du hast ja leider nicht daran gedacht. Jetzt bleibt uns nichts anderes übrig, als noch schnell einkaufen zu gehen, bevor die Geschäfte schließen.«

Das muss Niclas wohl oder übel einsehen. Nachdem er sich ausgiebig gedehnt und gestreckt hat, steht er endlich auf.

»Beeil dich lieber mal ein bisschen«, versucht Noelle ihn anzutreiben.

»Nun krieg dich wieder ein«, gibt Niclas zurück, »wo ist das Problem? Wir gehören eben zu den Tausenden von Leuten, die ihre Weihnachtsgeschenke in letzter Minute kaufen. Na und? Heute Nachmittag ist noch genug Zeit, alles schön einzupacken. Bleib cool.«

Cool? Typisch Niclas! Sogar an Weihnachten muss er den Lässigen spielen. Kann er nicht zugeben, dass er – genau wie Noelle – super gespannt und voller Vorfreude ist?

Am Frühstückstisch geht es hektisch zu. So gar nicht weihnachtlich. Es riecht nach angebranntem Toast statt nach Vanille, Zimt und Tannenzweigen.

»Können wir nicht wenigstens die Kerzen am Adventskranz anzünden?«, schlägt Noelle vor.

»Für so einen Schnickschnack ist keine Zeit«, sagt Mama, »dafür machen wir es uns dann heute Abend schön gemütlich.« Sie sagt das in einem Ton, als wäre ein besinnlicher Weihnachtsabend etwas furchtbar Lästiges. Etwas, was man notgedrungen über sich ergehen lassen muss – was aber die viele Arbeit und Mühe eigentlich nicht wert ist.

Ob wohl alle Erwachsenen früher oder später so werden wie Mama? Hoffentlich nicht, denkt Noelle. Das wäre wirklich zu schade! Traurig genug, dass sie beim Frühstück auf die Adventskranzkerzen verzichten muss. Noelle liebt das lustige Funkeln der Flammen und den festlichen Duft.

Doch Mama hat es eilig. Sie muss dringend noch mal zum Bäcker, zum Metzger, in den Supermarkt und zum Getränkehändler. Das hat sie gestern nicht mehr geschafft.
Noelle seufzt. Da ist es wieder, dieses verhasste Wort »muss«. Und nun hat sie der »müssen«-Fluch ebenfalls erwischt: Schließlich muss sie gleich mit Niclas losziehen, um sich ins Einkaufsgewühl zu stürzen ...
Und Papa? Der hat seinen Vormittag auch schon verplant: »Als Erstes will ich Salz streuen, damit niemand auf dem Gehweg vor unserem Haus ausrutscht, falls es später noch schneit. Und dann muss ich Holz hacken für den Kaminofen, damit wir es heute Abend bei der Bescherung schön warm haben. Wenn das alles erledigt ist, stelle ich den Christbaum im Wohnzimmer auf. Helft ihr mir später beim Schmücken?«, fragt er die Kinder.
Noelles Laune steigt umgehend. Sie nickt begeistert. Niclas dagegen zuckt nur mit den Schultern. »Warum nicht?«
»Dann ist ja alles geklärt«, ruft Papa aus und klatscht in die Hände. Als ob er damit das Signal gegeben hätte, dass das Frühstück beendet ist, stehen plötzlich alle auf. Auch Noelle und Niclas helfen beim Tischabräumen. Danach ziehen sie Jacke, Winterstiefel, Mütze und Handschuhe an und machen sich auf den Weg.

»Wir sind kurz draußen«, ruft Noelle zum Abschied.
»Das hättest du dir sparen können«, meint Niclas, als er neben seiner Schwester in Richtung Zentrum stapft. »Mama und Papa sind so beschäftigt, denen fällt doch sowieso nicht auf, dass wir weg sind.«
Womit er vermutlich recht hat. Doch Noelle ist zu genervt, um das zuzugeben. Eigentlich hat sie sich diesen Vormittag ganz anders vorgestellt. Viel gemütlicher! Stattdessen müssen Niclas und sie sich nun ins hektische Treiben der überfüllten Innenstadt stürzen, um noch rasch das Radio zu besorgen. Das ärgert sie.
»Hauptsache, es fällt ihnen nicht auf, dass wir um ein Haar kein Weihnachtsgeschenk für sie gehabt hätten«, legt Noelle wieder los. Sie kann einfach nicht verstehen, dass Niclas etwas so Wichtiges vergessen konnte. Und dass er noch nicht einmal ein schlechtes Gewissen deswegen hat!
Doch der lacht nur: »Entspann dich mal, Schwesterchen, und mach nicht so einen Stress.«
Noelle zieht eine Grimasse. Okay, heute ist Heiligabend, da sollte man sich nicht streiten. Sie reißt sich zusammen und schluckt ihre verärgerte Antwort hinunter.
Als die beiden eine Viertelstunde später vor dem kleinen Laden am Rande der Fußgängerzone stehen und das »Wegen

Krankheit geschlossen«-Schild lesen, ist es vorbei mit ihrer Selbstbeherrschung.

»So ein Mist! Das war's wohl mit dem schönen Küchenradio. Jetzt haben wir kein Geschenk. Alles deinetwegen!«

Die Tränen schießen Noelle in die Augen. Rasch kramt sie ein Taschentuch aus der Anorakjacke und schnäuzt sich die Nase. Unauffällig reibt sie sich auch die verräterische Träne weg, die gerade über die rechte Wange kullert. Hoffentlich hat Niclas das nicht bemerkt, sonst macht er sich gleich wieder über sie lustig!

Aber Niclas ist das Lachen ebenfalls vergangen: Erschrocken starrt er auf das Schild, als würde es sich, wenn man es nur lang genug betrachtet, in Luft auflösen. Doch nichts dergleichen geschieht.

»Können wir das Radio nicht einfach woanders kaufen?«, schlägt er schließlich vor.

»Nein, unmöglich. Hier in der Nähe kenne ich nur diesen einen Elektrohändler. Und die großen Märkte liegen alle weit außerhalb, dahin schaffen wir es zu Fuß nicht rechtzeitig.« Und schon wieder ist sie den Tränen nahe.

»Ähm«, macht Niclas, »dann haben wir ein Problem.«

»Ja, Glückwunsch. Du gewinnst den ersten Preis als Schnellchecker des Jahres«, faucht Noelle ihn an. Wenn sie schimpft, verschwindet wenigstens der Kloß im Hals.

Niclas ignoriert ihren wütenden Unterton. »Es bringt jetzt auch nichts, wenn du mich beleidigst«, stellt er fest. »Es gibt zwei Möglichkeiten: Entweder wir finden doch woanders ein ähnliches Radio – oder wir entscheiden uns spontan für ein anderes Geschenk.« Und nach einer kurzen Pause fügt er hinzu: »Ich war ja von Anfang an für ein Computerspiel. Eins, das man zu viert spielen kann. Das wäre eh viel cooler als so ein blödes Radio.«

»Diese Radios sind nicht blöd! Sie sind praktisch und richtig schön bunt«, verteidigt Noelle ihren Vorschlag. »Außerdem ist das alte Küchenradio vor einer Weile kaputtgegangen, und Mama hat schon ein paarmal gesagt, dass sie es vermisst, beim Kochen Musik und Nachrichten hören zu können. Und was das Computerspiel betrifft: Dabei hast du doch sowieso nur an dich gedacht. Außerdem ist so etwas viel zu teuer.«

»Kann ja sein, dass du recht hast. Aber deine Schimpferei bringt uns kein bisschen weiter. Hast du stattdessen vielleicht einen brauchbaren Vorschlag?«, dreht Niclas den Spieß um.

Als wäre es ihre Aufgabe, seinen Fehler auszubügeln! Er ist doch schuld daran, dass sie jetzt in der Patsche sitzen …

Noelle ist ratlos. Warum nur läuft heute alles schief?

»Also, ich fasse mal kurz zusammen«, reißt Niclas seine Schwester aus den trüben Gedanken. »Der Elektromarkt hat geschlossen und woanders finden wir so rasch bestimmt kein Radio. Wir brauchen also eine neue Idee. Warum gehen wir nicht einfach dorthin, wo es mehr hübsche Geschenkartikel gibt als überall sonst in der Stadt?«

Noelles Augen beginnen zu leuchten: »Du meinst ...«

»Genau«, nickt ihr Bruder. »Lass uns auf den Weihnachtsmarkt gehen. Dort finden wir bestimmt etwas Passendes!«

3. Balthasars Schild

»In einer Viertelstunde wieder hier am großen Tannenbaum vor dem Glühweinstand«, schlägt Niclas vor.

»Gute Idee«, nickt seine Schwester. Selbst wenn sie versuchten zusammenzubleiben – hier in dieser Menschenmenge würden sie sich garantiert schon nach wenigen Minuten aus den Augen verlieren. Viel lieber stöbert Noelle alleine auf dem Markt. So kann sie sich voll und ganz auf all die herrlich duftenden Leckereien und die vielen schönen Dinge konzentrieren, die überall angeboten werden, und muss nicht ständig nach ihrem Bruder Ausschau halten, der für die weihnachtliche Stimmung sowieso kein Gespür hat. Kurz schaut sie ihm hinterher: Niclas stürzt sich sofort ins Gewühl, als gelte es, in Rekordtempo das Angebot sämtlicher Stände zu sichten. Noelle schüttelt den Kopf: So kann man doch die besondere Atmosphäre des Weihnachtsmarktes überhaupt nicht erleben!

Als Erstes schlendert sie zu dem Stand, aus dem es so verlockend nach gebrannten Mandeln riecht, und kauft sich ein kleines Tütchen. Lecker! Eindeutig besser als angebrannter Frühstückstoast. So schmeckt Weihnachten …

Eine Mandel nach der anderen naschend, spaziert Noelle über den Markt. Besonders hat es ihr der Stand mit dem bunten Glasperlenschmuck angetan. Mama würde die hübschen Armbänder und Ketten garantiert lieben! Aber leider sind sie nicht gerade günstig. Und außerdem brauchen sie ja auch etwas für Papa. Ha ha, Papa mit Glasperlenschmuck um den Hals, das wäre wirklich zu komisch! Sie muss laut auflachen bei dieser Vorstellung. Dabei fällt ihr Blick auf einen bärtigen Bettler mit wirrem Haar, der auf der gegenüberliegenden Straßenseite auf dem Boden vor einer Hauswand kauert.

In der Hand hält er ein Pappschild, dessen Aufschrift Noelle aus der Entfernung nicht lesen kann.

Er ist in eine dunkle, hoffentlich mollig warme Jacke gehüllt. Vor ihm steht ein Metalldöschen, in das gerade eine Passantin ein paar Münzen wirft.

Der Bettler dankt ihr mit einem Nicken und einer angedeuteten Verbeugung. Dann schaut er hinüber zu Noelle, und es scheint, als ob er ihr zulächelt. Doch vielleicht hat sie sich da auch geirrt, denn schon eine Sekunde später wendet der Bettler sich dem schokobraunen Hund zu, der neben ihm auf einer Decke liegt, und streichelt ihn liebevoll.
Noelle nimmt sich vor, ihm später ebenfalls etwas Geld in die Dose zu legen. Schließlich braucht er nicht nur Nahrung für sich selbst, sondern auch Futter für seinen Hund. Wie traurig, dass er den Heiligabend draußen in der Kälte verbringen muss, denkt sie. Niemand sollte an so einem Tag frieren müssen. In diesem Moment schämt sich Noelle dafür, wie viel Wert sie auf hübsches Geschenkpapier, Kerzengefunkel, Adventskranz und Christbaum legt. Nichts davon ist wirklich lebenswichtig. Menschen, denen das Allernötigste fehlt, haben bestimmt kein Verständnis für solche Dinge.
»Das ist purer Luxus«, murmelt sie selbstkritisch vor sich hin.
»Also, ich find die gut. Wir sollten sie nehmen«, sagt eine bekannte Stimme direkt neben ihr. Niclas, der plötzlich wieder aufgetaucht ist, deutet auf zwei dunkelblaue Kaffeehumpen aus Keramik. Sie sind mit einem hellbeigen Blumenmuster verziert. Eine Tasse trägt die Aufschrift »Für die allerbeste Mutter«, die andere »Für den allerliebsten Vater«.

Überrascht schaut Noelle ihren Bruder an und dann wieder die Keramikhumpen. Sie hat ihn gar nicht kommen sehen. Für einen Moment hat sie auch völlig vergessen, warum sie hier ist und was sie eigentlich sucht. Aber das gibt sie natürlich nicht zu. Stattdessen sagt sie: »Klar, gute Idee. Kaffeetassen sind zwar nicht besonders einfallsreich, aber sie sind hübsch und nützlich und vor allem besser als gar kein Geschenk.«
»Siehst du, Schwesterlein«, kann sich Niclas nicht verkneifen, »wenn du mich nicht hättest!«
Am liebsten würde Noelle jetzt antworten: Dann hätte ich das hübsche Küchenradio für Mama und Papa längst eingepackt und wäre schon dabei, den Christbaum zu schmücken. Doch sie schluckt den Kommentar herunter und sagt stattdessen: »Gut ausgesucht, Niclas. Kannst du dich hier anstellen und die Tassen bezahlen? Ich muss noch kurz was erledigen ...«
Und weg ist sie. Überrascht schaut Niclas seiner Schwester hinterher, wie sie von einer Sekunde auf die andere im Menschengewimmel verschwindet. Es bleibt ihm nichts anderes übrig, als das zu tun, worum sie ihn gebeten hat.
Unterdessen saust Noelle in die Tierhandlung an der Ecke und besorgt von dem Taschengeld, das sie für diesen Monat noch übrig hat, ein Paket Trockenfutter für Hunde. Einen Teil des Wechselgeldes behält sie griffbereit in der Jackenta-

sche. Dann schleppt sie den Sack hinüber zu dem Bettler, den sie vorhin beobachtet hat. Das Futter wird mit jedem Schritt schwerer. Doch das ist nicht der einzige Grund dafür, dass ihr Kopf hochrot wird. Je näher sie kommt, desto unsicherer wird sie. Was soll sie nur sagen? Sonst neigt sie dazu, einfach damit herauszuplatzen, was sie gerade denkt. Aber das könnte in diesem Fall peinlich werden. Sie kann ja schlecht davon sprechen, dass er ihr wahnsinnig leid tut, weil er so arm ist und sogar auf der Straße leben muss. So etwas will niemand hören, und schon gar kein Obdachloser, der von dem Wenigen leben muss, was andere ihm spenden.

Als sie endlich vor ihm steht, sagt sie einfach nur: »Hier, ein bisschen Futter für Ihren Hund.« Und mit diesen Worten lässt sie den schweren Sack vor sich auf den Boden plumpsen. Dann nimmt sie die Wechselgeldmünzen aus der Anoraktasche und wirft sie in das Blechdöschen.

»Du bist ein großzügiges und gutherziges Mädchen«, sagt der Bettler mit leiser, freundlicher Stimme. »Wie ist dein Name?«

Noelle zögert. Eigentlich hat Mama ihr eingetrichtert, niemals fremden Leuten zu verraten, wo sie wohnt und wie sie heißt. Aber dann beschließt sie, dass das hier ein Sonderfall ist. Schließlich ist sie ja auf ihn zugegangen und nicht umgekehrt. Und ihre Adresse wird sie ganz bestimmt nicht nennen.

»Ich bin Noelle«, antwortet sie.

»Danke, Noelle«, lächelt der Bettler. »Ich heiße Balthasar und das hier ist Angel. Das ist Englisch und bedeutet Engel. Angel dankt dir ebenfalls. Wie lieb, dass du an uns gedacht hast.«

»Hab ich gerne gemacht«, sagt Noelle, »schließlich ist ja Weihnachten.«

Balthasar legt den Kopf zur Seite und schaut Noelle aufmerksam an. »Aaaaaber?«, fragt er dann gedehnt.

»Aber was?«, gibt Noelle verwirrt zurück. Ist Balthasar womöglich ein bisschen verrückt? Doch die blauen, klugen Augen, mit denen der Mann sie freundlich mustert, sehen ganz und gar nicht danach aus.

»Ich meine: Aber du scheinst dich nicht von ganzem Herzen auf das Fest zu freuen«, stellt Balthasar sachlich fest, während er versonnen eine lange Strähne seines zottigen Bartes um den Zeigefinger wickelt.

»Woher weißt du das?«, staunt Noelle. Und weil Balthasar ihr schweigend, aber zugleich auffordernd zunickt, fährt sie schließlich fort: »Ich freue mich natürlich sehr. Wirklich! Aber irgendetwas fehlt. Als ich noch kleiner war und an den Weihnachtsmann geglaubt habe, da war alles noch viel schöner. Festlicher und aufregender. Irgendwie habe ich das richtige Weihnachtsgefühl verloren und das macht mich traurig.«

Da greift Balthasar zu dem Pappschild, das neben ihm liegt, und hält es hoch.

»Weihnachtsstimmung kommt von selbst, wenn man Freude schenkt«, liest Noelle laut vor. Dann zieht sie zweifelnd die Stirn kraus. »Du glaubst also, dass all diese Menschen, die wie mein Bruder und ich heute Vormittag hektisch durch die Stadt rennen, um letzte Geschenke zu kaufen, automatisch in Weihnachtsstimmung kommen?«, fragt sie zweifelnd.

»O nein«, lacht Balthasar, »das glaube ich keineswegs. Du musst genau lesen, was da steht: Es geht nicht um teure Einkäufe, sondern darum, Freude zu schenken. Und genau das hast du, liebe Noelle, heute getan. Du hast mir und Angel eine Riesenfreude gemacht.«

Wieder wird Noelle rot. Verlegen streicht sie ihre blonden Locken aus dem Gesicht.

»Die meisten Leute laufen einfach an mir vorbei und gönnen mir nicht mal einen freundlichen Blick. Für sie bin ich einfach unsichtbar. Manche werfen aus Mitleid ein paar Münzen in meine Blechdose und hasten dann wortlos weiter, als hätten sie Angst, sich mit einem wie mir unterhalten zu müssen.«

»Ganz schön blöd«, platzt Noelle heraus, »dabei macht es richtig Spaß, mit dir zu reden.«

Da muss Balthasar laut lachen. »Mit dir zu reden, macht auch Spaß.« Dann kramt er in seiner Jackentasche und befördert schließlich ein kleines Stoffsäckchen hervor. »Hier, ich habe etwas für dich«, sagt er und streckt Noelle das Säckchen entgegen.

»Aber – ich kann doch kein Geschenk von dir annehmen«, wehrt sie erschrocken ab. Schließlich ist Balthasar so arm, dass er nicht einmal ein Dach über dem Kopf hat!

»Denk daran: Weihnachtsstimmung kommt von selbst, wenn man Freude schenkt. Gönnst du mir etwa keine Weihnachtsstimmung?«, widerspricht der Bettler.

»Doch, doch, natürlich tue ich das«, ruft Noelle bestürzt aus.

»Na, siehst du!«, lacht Balthasar. »Dann musst du mir auch erlauben, dir Freude zu schenken. Greif zu!«

Da will Noelle nicht länger zögern. Spontan langt sie in das Stoffsäckchen und bringt eine Schneekugel zum Vorschein. Sie ist so klein, dass Noelle sie problemlos mit einer Hand umfassen und sie darin verschwinden lassen könnte. Doch statt dies zu tun, betrachtet sie die Schneekugel jetzt mit großen Augen: »Oh, die ist aber schön«, schwärmt sie. Im Inneren der Kugel ist ein prächtig geschmückter Christbaum zu sehen, daneben ein Schneemann und zwei Kinder, die auf einem winzigen Schlitten sitzen. Noelle schüttelt die Kugel und schon fallen glitzernde Miniaturschneeflocken auf die weihnachtliche Szene herab.

Begeistert umarmt sie Balthasar und dankt ihm überschwänglich.

»Ich glaube, die Sache mit der Festtagsstimmung funktioniert schon«, jubelt sie.

»Manchmal dauert es ein bisschen, bis das weihnachtliche Gefühl sich dauerhaft einstellt«, lächelt Balthasar. »Du solltest also nicht ungeduldig werden. Und vor allem musst du wissen, dass das hier keine gewöhnliche Schneekugel ist.«

Fragend schaut Noelle ihn an. Wovon in aller Welt redet er?

»Was du gerade in den Händen hältst, ist eine waschechte

Weihnachtswunschkugel. Du solltest gut auf sie aufpassen – sie ist eine Seltenheit.«

Noelle versteht nur Bahnhof: »Eine ... was?«

»Eine Weihnachtswunschkugel. Wenn sie eines Tages deine Wünsche erfüllt, wirst du vielleicht an den alten Balthasar denken.«

»Das verspreche ich«, versichert Noelle und umschließt die Schneekugel mit beiden Händen. Dass sie noch immer keine Ahnung hat, was Balthasar meint, sagt sie lieber nicht.

»Und jetzt solltest du dich beeilen«, nickt der Bettler ihr aufmunternd zu, »bevor deine Familie dich noch vermisst.«

4. Bringen Scherben Glück?

»Höchste Zeit, dass ihr da seid«, ruft Papa ungeduldig, als Noelle und Niclas nach Hause kommen. »Ihr müsst mir helfen, den Baum zu schmücken.« Er trägt gerade die Tanne in das Wohnzimmer.

Rasch schlüpfen die beiden aus ihren warmen Stiefeln und Jacken. Dann bringt Noelle die Geschenke unauffällig in ihr Zimmer, um sie später in aller Ruhe schön einzupacken.

In diesem Moment hat sie das Gefühl, dass alles gut wird. Ja, bestimmt! Okay, der Heiligabend hat blöd angefangen, aber alles hat auch seine guten Seiten, oder? Schließlich wäre sie ohne Niclas' Schlampigkeit nicht auf dem Weihnachtsmarkt gewesen, hätte keine gebrannten Mandeln gegessen und vor allem Balthasar nicht kennengelernt – und der hätte ihr keine Schneekugel schenken können. Wie hat er die noch gleich genannt? Weihnachtskugel? Nein, Weihnachtswunschkugel, das war's. Noelle muss kichern. Balthasar ist wirklich lustig. Und klug. Und er ist ihr Geheimnis!

»Wo bleibst du denn, Noelle?«, tönt Papas Stimme durchs Haus. »Wir wollen anfangen.«

»Komme gleich«, antwortet sie, stellt die Schneekugel auf ihren Nachttisch und stürmt los.

Im Wohnzimmer sind Papa und Niclas gerade dabei, den Baum aufzustellen. Niclas hält ihn oben an der Spitze. Papa kniet auf dem Boden, den hochroten Kopf zwischen den Zweigen mit den pieksenden Nadeln. Erfolglos versucht er, den Stamm im Christbaumständer zu befestigen.
»Er ist zu dick, ich brauche eine Säge«, keucht Papa. »Im Keller liegt eine. Bringst du sie mir, Noelle?«
»Klar, mach ich. Soll ich auch gleich den Christbaumschmuck mitbringen?«
»Gute Idee«, findet Niclas. Auch Papa nickt, soweit man das unter all den Tannenzweigen erkennen kann.
Gut gelaunt hüpft Noelle die Kellertreppe hinunter. Den Karton mit den Kugeln findet sie auf Anhieb. Nachdem sie sich kurz umgeschaut hat, entdeckt sie auch die Säge. Und daneben eine Kiste mit noch mehr Anhängern: jede Menge Strohsterne, bunte Holzfigürchen und vergoldete Tannenzapfen. Noelle beschließt, alles mit nach oben zu nehmen. Dieses Jahr soll der Baum schöner werden als je zuvor!
Vielleicht hätte sie lieber zweimal gehen sollen? Alles auf einmal zu tragen, ist eine ganz schön wackelige Angelegenheit. Die Säge hat sie unter den Arm geklemmt, in beiden Händen hält sie die Kiste mit dem Weihnachtsschmuck, und obendrauf balanciert sie den Karton mit den Kugeln. Es kommt,

wie es kommen muss: Im Wohnzimmer stolpert Noelle über einen Teppichläufer, den sie nicht gesehen hat, weil ihr die Schachteln die Sicht versperren – und der Karton mit den Christbaumkugeln fliegt in hohem Bogen zu Boden.

Klirr!

Da liegen sie, die schönen Kugeln, in tausend Scherben. Erschrocken reißt Noelle die Augen auf: O nein! Alles kaputt!

»Mensch, kannst du denn nicht aufpassen?«, schimpft Papa sofort los.

»Typisch Noelle«, kommentiert auch Niclas. »Du bist immer so trottelig.«

»Ich bin eben gestolpert. Meinst du, so was mach ich extra, du Blödmann?«, faucht sie mit tränenerstickter Stimme.

»Mal langsam, mein Fräulein«, wird nun auch Papa laut, »es gibt keinen Grund, deinen Bruder zu beleidigen. Nicht er hat die Kugeln kaputtgemacht, sondern du. Also wirst du dich sofort bei ihm entschuldigen.«

»Werde ich nicht!« Noelle verschränkt trotzig die Arme und schaltet auf stur. Ist doch eh alles egal – jetzt ist die Weihnachtsstimmung sowieso dahin.

»Du bist aber auch wirklich ungeschickt, Noelle«, ärgert Niclas sie weiter.

»Und du bist gemein!«

»Was ist denn hier los?«, mischt sich plötzlich Mama ein, die bis eben in der Küche gewerkelt hat. »O nein!«, ruft sie aus, als sie die Bescherung auf dem Boden sieht. »Da ist ja keine Einzige heil geblieben!«

»Tut mir leid, Mama«, presst Noelle hervor und senkt den Kopf. »Ich mache gleich alles sauber.«

»Na, das ist ja auch das Mindeste, was du tun kannst«, sagt Mama. Sie klingt ziemlich sauer. Aber als sie sieht, wie traurig Noelle ist und wie leid ihr dieses Missgeschick tut, ergänzt sie: »Na ja, immerhin sollen Scherben ja Glück bringen.« Ihre Stimme klingt nicht mehr wütend, sondern wieder sanft und liebevoll. Doch dann fällt ihr Blick auf die Tanne. »Caspar, dieses grauenvolle Ding ist doch wohl hoffentlich nicht dein Ernst?«, ruft sie entsetzt aus.

Papa weiß nicht, was sie meint. »Welches grauenvolle Ding?«

»Ich glaube, sie spricht von unserem Weihnachtsbaum«, hilft ihm Niclas auf die Sprünge.

»Was hast du gegen den Baum, Felicitas? Der ist doch wunderschön!«

Mama zieht ein kritisches Gesicht. »Unter schön verstehe ich etwas anders. Was hast du dir da für ein krummes Exemplar aufschwatzen lassen?«

Während Noelle die Scherben aufkehrt, begutachten die anderen eingehend die Tanne, die jetzt endlich steht. Aber wie man sie auch dreht, sie sieht alles andere als perfekt aus. Der Baum ist nicht nur schief, sondern hat auch ungleichmäßig dichte Äste, die überall Lücken aufweisen.

»Er ist einfach abgrundtief hässlich«, seufzt Mama.

Erstaunt stellt Noelle fest, dass sie Mitleid bekommt mit dem

armen Baum. Dieses Fest sollte sein großer Auftritt sein. Allein zu diesem Zweck wurde er einst gepflanzt.

»Wenn man ihn schön schmückt, sieht er bestimmt ganz wundervoll aus«, sagt sie im Brustton der Überzeugung.

»Was heißt schön schmückt? Hast du etwa vergessen, dass du eben unseren kompletten Vorrat an Christbaumkugeln zerstört hast?«, lacht Niclas sie aus.

Dann stellt er schulterzuckend fest: »Die Lichterkette ist übrigens auch hinüber. Na, das passt ja. Am besten werfen wir den Baum gleich wieder aus dem Fenster und tun so, als wäre schon der sechste Januar.«

»Nichts da!«, widerspricht Noelle. Sie ist jetzt wild entschlossen, die Situation zu retten. Schließlich ist Heiligabend! »Wir haben immerhin noch eine Kiste mit Christbaumschmuck. Wer sagt denn, dass wir Kugeln brauchen? Hier sind jede Menge Sterne und Figürchen. Damit sieht der Weihnachtsbaum mit Sicherheit toll aus. Dann wird niemandem mehr auffallen, dass er nicht so ganz perfekt ist.«

»Du hast recht, meine Große«, lobt Papa ihren Optimismus. Sofort beginnt Noelle damit, den Baum zu dekorieren. Niclas, der zunächst nur kritisch zuschaut, schnappt sich bald ebenfalls ein paar vergoldete Tannenzapfen und befestigt sie mit Draht an den Zweigen. Während Papa versucht, die Lichterkette zu reparieren, steht Mama mit verschränkten Armen da und schaut missmutig zu.

»Ich möchte einmal ein Weihnachtsfest erleben, an dem wir eine wirklich perfekte Tanne haben«, murmelt sie vor sich hin.

»Ach, Felicitas! Gute Laune ist doch viel wichtiger als ein makelloser Baum«, versucht Papa sie aufzumuntern. Auf einmal zieht er alarmiert seine Nase kraus und schnüffelt wie ein Hund, der eine Fährte aufnehmen will.

»Was riecht denn da so komisch? Irgendwie verbrannt ...«

»Du lieber Himmel, der Kuchen!«, ruft Mama entsetzt. Sofort dreht sie sich auf dem Absatz um und stürmt in die Küche. Doch da ist es schon zu spät: Aus dem Ofen stinkt und qualmt es gehörig.

»Diesen Kuchen wird wohl niemand mehr essen«, stellt Niclas überflüssigerweise fest.

Papa ist ziemlich entgeistert und schimpft, dass er sich schon so auf den Nachmittagskaffee mit frisch gebackenem Kuchen gefreut hat.

»Und ich habe mich auf einen schönen Weihnachtsbaum gefreut«,

gibt Mama zurück. »Doch stattdessen steht hier ein verkrüppeltes Etwas. Und wir haben nicht einmal eine funktionierende Lichterkette!«

»Das ist etwas völlig anderes«, behauptet Papa. »Verflixt, Felicitas, wie konnte das passieren? Weihnachten ohne Kuchen, das ist ja wie Ostern ohne Schokoladeneier. Oder wie Geburtstag ohne Torte. Oder wie eine Grillparty ohne Würstchen ...«

»Du denkst doch immer nur ans Essen, Caspar!«, verteidigt sich Mama.

Womit sie nicht ganz unrecht hat, denn Papa ist ein echter Genießer. Feiertage ohne gutes Essen, das mag er sich gar nicht vorstellen. Kein Wunder, dass ein ungenießbarer Kuchen für ihn schon eine mittlere Katastrophe darstellt.

»Na und? Alle Leute essen an Weihnachten gerne«, argumentiert Papa.

»Ein hübscher Baum ist viel wichtiger als ein Kuchen. Und der wäre auch bestimmt lecker geraten, wenn ich mich nicht so über deinen potthässlichen Weihnachtsbaum hätte aufregen müssen.«

Na wunderbar, denkt Noelle, jetzt streiten sich Mama und Papa auch noch. Dabei ist doch gute Stimmung viel wichtiger als Essen und Christbaum zusammen!

Was für ein misslungener Heiligabend.

5. Morgen, Kinder, wird's was geben!

Zu Mittag gibt es Kartoffeleintopf mit Würstchen. Alle löffeln nachdenklich ihre Suppe, niemand redet mehr als nötig.
»Reichst du mir mal eben das Salz?«, sagt Papa einmal.
Noelle gibt es ihm mit einem leisen »Bitte«.
»Vielen Dank«, antwortet Papa. Alle sind ausgesprochen höflich, so als hätten sie Angst, dass ein neuer Streit ausbrechen und den Tag vollends verderben könnte. Trotzdem ist die Laune getrübt.
Nach dem Essen zieht sich Niclas in sein Zimmer zurück, um Musik zu hören. Papa spült in der Küche das Geschirr ab und Noelle hilft ihm beim Abtrocknen.
»Ich brauche ein Stündchen für mich«, verkündet Mama. »Wenn ihr mich sucht, ich bin im Badezimmer und nehme eine entspannte warme Dusche. Nur damit ihr es wisst: Ich wünsche nicht gestört zu werden!«
Als sie in der Küche fertig sind, zieht Papa sich Trainingsklamotten, Wollmütze und Laufschuhe an. »Ich muss den Kopf freikriegen«, sagt er und verabschiedet sich.

Noelle verkrümelt sich mit einem Buch aufs Sofa. Aber obwohl die Geschichte an sich furchtbar spannend ist, kann sie sich nicht aufs Lesen konzentrieren. Der Streit von vorhin geht ihr nicht aus dem Kopf. So etwas mag sie überhaupt nicht. Wenn es nach Noelle ginge, würden sich alle Menschen immer vertragen. Dann wäre jeder Tag wie Weihnachten! Aber wie richtiges Weihnachten, fügt sie in Gedanken hinzu.

Noelle klappt das Buch zu und steht auf. Dann schaltet sie das Radio ein, denn sie hat Lust auf Weihnachtsmusik. Aber momentan laufen Nachrichten. Es wird vor einem Sturm gewarnt. Die ersten Takte des spanischen Weihnachtsliedes »Feliz Navidad« werden von einem lauten Schrei übertönt: »Verflixt, warum ist denn das Wasser so kalt?«

Wenig später stürmt Mama wutschnaubend aus dem Badezimmer. Sie ist in einen flauschigen Bademantel gehüllt und hat ein Handtuch wie einen Turban um die Haare gewickelt.

»Was ist los?«, fragt Noelle ahnungsvoll.

»Was los ist? Wir haben kein warmes Wasser!«, schimpft Mama. »Wahrscheinlich ist der Boiler kaputt. So ein Ärger – und das am Heiligabend. Wenn man einmal Ruhe und Zeit hat, gemütlich zu duschen. Jetzt bin ich völlig durchgefroren statt entspannt.«

»Soll ich dir einen Tee machen, damit dir wieder warm wird?«

»Danke, Noelle. Einen Kräutertee mit Honig, das wäre jetzt genau das Richtige. Und schalte bitte das Radio ab. Wenn ich etwas nicht ertragen kann, dann ist das süßliche Weihnachtskitschmusik.«

Noelle seufzt. Für sie sind Weihnachtslieder einfach nur schön und kein bisschen kitschig. Aber wer weiß, ob sie ihre schlechte Laune womöglich auch am Radioprogramm ausgelassen hätte, wenn sie gerade unter einer kalten Dusche gestanden hätte.

»Danke, Schatz. Ach, übrigens, wo ist denn dein Vater?«, fragt Mama, als Noelle ihr den Tee serviert.

Noelle weiß, dass es kein gutes Zeichen ist, wenn Mama »dein Vater« sagt anstatt »Papa« oder »Caspar«. Dann ist sie nämlich meistens schlecht auf ihn zu sprechen.

»Er joggt gerade eine Runde«, sagt Noelle und stellt Mama den Teller mit den Lebkuchen hin. Süßes soll schließlich gut für die Nerven sein. Geistesabwesend greift Mama zu und lässt sich ein Lebkuchenherz schmecken.

»Nie ist er da, wenn man ihn mal braucht«, sagt sie kauend. »Am besten rufe ich gleich mal den Installateur an.«

Aber natürlich erreicht sie niemanden. Es ist längst Nachmittag, inzwischen hat auch der Installateur, wie alle anderen Leute, Feierabend gemacht. Wahrscheinlich sitzt er gerade mit seiner Familie an der Kaffeetafel, isst ein leckeres Stück eines nicht angebrannten Kuchens, betrachtet glücklich die wunderschöne, gerade gewachsene Tanne, an der sich die Kerzen der Lichterketten in den Christbaumkugeln spiegeln ...

»Du könntest den Notdienst anrufen«, überlegt Noelle.

»Der ist zu teuer«, findet Mama. »Vielleicht bekommt dein Vater die Reparatur ja selbst hin.«

Die Minuten ziehen sich unendlich in die Länge. Als Papa nach Hause kommt, gelingt es ihm zum Glück, den Boiler zu reparieren.

»Nun kann er heiß duschen, während ich eben fast erfroren bin«, kommentiert Mama grimmig, während sie das Abendessen vorbereitet. Es gibt Raclette – Noelles und Niclas' Lieblingsessen! Wenn man es mit Käse überbacken darf, schmeckt sogar Gemüse richtig lecker.

Dann ist es Zeit für die Bescherung. Noelle sagt ein kurzes Gedicht auf, Papa spielt ein Stück auf dem Klavier, danach findet Niclas, dass er genug Geduld bewiesen hat. Auch Mama schaut auf die Uhr. Um Viertel nach acht läuft eine romantische Komödie im Fernsehen, die möchte sie nicht verpassen. Heiligabend hin oder her. »Weihnachten ist doch auch für Mütter da«, erklärt sie, »nicht nur für Kinder.«

Da hat sie natürlich recht. Aber sollte man an Heiligabend nicht gemeinsam etwas spielen? Musik hören? Oder sich unterhalten?

Noelle bekommt einen Riesenstapel Bücher, die sie sich gewünscht hat, eine CD und eine hübsche Handtasche ganz in Lila und Oliv, ihren Lieblingsfarben. Dass sie eigentlich niemals Handtaschen benutzt, macht fast gar nichts.

»Wie lieb von euch«, sagen Mama und Papa, als sie die Kaffeetassen auspacken und versprechen, sie jetzt jeden Morgen beim Frühstück zu benutzen. Aber ob sie sich wirklich freuen? Niclas ist einigermaßen verdattert, als er im ersten Paket, das er auspackt, einen Schlafsack vorfindet. »Für eure nächste Klassenfahrt«, erklärt Papa. Das nächste Päckchen enthält eines seiner heiß ersehnten Computerspiele und schon ist Niclas' Welt wieder in Ordnung.

Beim Raclette bleibt viel übrig, denn niemand hat großen Appetit. Niclas hat sowieso die ganze Zeit über das Ende der Mahlzeit herbeigesehnt, um endlich sein Computerspiel ausprobieren zu können, und Mama möchte den Fernseher einschalten und ihren Film anschauen. Noelle und Papa spielen ein paar Runden Mau-Mau, aber so richtig Lust haben beide nicht darauf, also hören sie nach einer Weile damit auf.

Draußen wird es immer stürmischer, aus der Entfernung ist sogar ein leises Donnern zu hören.

»Freust du dich denn überhaupt über deine Geschenke, meine Große?«, fragt Papa, als er Noelle gute Nacht wünscht.

»Aber natürlich«, beteuert sie. »Riesig sogar!«

In diesem Moment ertönt ein ohrenbetäubender Knall und eine Sekunde später ist es stockdunkel. Auch der Fernsehbildschirm ist schwarz und Niclas' Computer funktioniert ebenfalls nicht mehr. Für einen Augenblick ist es ganz still. Man hört nur den Wind heulen und den Gewitterregen gegen die Fenster peitschen.

»Irgendwo muss der Blitz eingeschlagen haben«, sagt Papa schließlich.

»Blöder Stromausfall«, schimpft Niclas. »Jetzt bin ich mitten im Spiel rausgeflogen, ohne meine Punkte zu speichern.«

Auch Mama ärgert sich, dass sie nun ihre Liebesschnulze nicht zu Ende sehen kann. Aber immerhin weiß sie, in welcher Schublade Taschenlampen griffbereit liegen.

»Ich wollte sowieso schlafen gehen«, sagt Noelle. Sie wünscht allen eine gute Nacht und macht sich, mit einer der Taschenlampen bewaffnet, auf den Weg in ihr Zimmer.

Enttäuscht sinkt sie in ihr Kissen. Das soll jetzt also der schönste Abend des Jahres gewesen sein?

Sie hatte sich so gewünscht, noch einmal das richtige, echte Weihnachtsgefühl heraufzubeschwören, das sie als kleines Mädchen erlebt hat. So mit Herzklopfen, glühenden Wangen und einem Glücksgefühl, das einen übers ganze Gesicht strahlen lässt. Aber leider – Fehlanzeige. Nicht einmal die Scherben haben Glück gebracht. Und als wollte sie Noelles trübe Gedanken bestätigen, lässt nun auch noch die Batterie der Taschenlampe nach ... Jetzt kann sie nicht einmal mehr lesen.

Stattdessen nimmt sie die Schneekugel in die Hand, die ihr der Bettler Balthasar am Morgen geschenkt hat. Sie ist wirklich schön, so viel sieht sie immerhin noch im schwachen Schein der Taschenlampe.

Aber mit seiner Prophezeiung hat Balthasar leider unrecht gehabt. »Weihnachtsstimmung kommt von selbst, wenn man Freude schenkt«, hat er behauptet. Schön wär's! Stattdessen war dieser Heiligabend ein echter Katastrophentag mit allem, was dazugehört: einem schiefen Baum, zerbrochenen Kugeln, einem angebrannten Kuchen, streitenden Eltern, kaltem Wasser und nicht zu vergessen: das Gewitter mit Stromausfall. Dicker hätte es nun wirklich nicht kommen können!

Nachdenklich spielt Noelle mit Balthasars Schneekugel herum. An der Unterseite ertastet sie ein winziges Rädchen, das sich mit den Fingerspitzen bewegen lässt.

»Ich wünschte, dieser Tag wäre nie passiert und wir würden stattdessen einen perfekten Heiligabend erleben«, seufzt sie traurig.

In diesem Augenblick rastet das Rädchen ein und die Schneekugel beginnt zu leuchten. Zuerst grün, dann gelb-orange und schließlich tiefrot wie eine der zerbrochenen Christbaumkugeln. Gleichzeitig ertönt die Melodie von »Morgen, Kinder, wird's was geben, morgen werden wir uns freun«.

Na, so was! In der Schneekugel ist wohl nicht nur eine Lampe, sondern auch eine Spieluhr versteckt. Ob es wohl das ist, was Balthasar mit »Weihnachtswunschkugel« gemeint hat? Mit diesem Gedanken sinkt Noelle schließlich in den Schlaf.

6. Oh, du schöne Weihnachtswunderwelt!

Als Noelle am nächsten Morgen aufwacht, zieht ein köstlicher Duft nach frisch gebackenen Waffeln durchs Haus. Hmmm, lecker! Das ist ja noch viel besser als Kuchen. Sofort schlägt Noelle die Decke zurück, schwingt die Beine aus dem Bett, schlüpft in Hausschuhe und Bademantel und macht sich verschlafen auf den Weg in Richtung Küche. Doch dort ist gar niemand. Wo sind denn alle? Sie folgt dem leckeren Geruch und sieht, dass der Tisch im Esszimmer gedeckt ist wie zu einem Fest – mit Blumen und Servietten und allem Pipapo.

»Guten Morgen, mein liebes Töchterlein«, begrüßt Mama sie überschwänglich. Strahlend stellt sie einen Teller voller Waffeln auf den Tisch. Noelle traut ihren Augen nicht: Mama hat heute statt der üblichen Jeans ein knielanges Blümchenkleid an und darüber eine schneeweiße Schürze. Ihr Haar, das sie sonst offen oder zu einem Pferdeschwanz zusammengebunden trägt, ist zu einer eleganten Hochsteckfrisur aufgetürmt. In diesem Aufzug hat Noelle ihre Mutter noch nie gesehen! Es verschlägt ihr für einen Moment die Sprache. Dann bringt sie immerhin ein »Guten Morgen, Mama« über die Lippen und nimmt Platz. Zum Glück sitzt sie schon, als Papa schwungvoll um die Ecke biegt, denn sonst wäre sie womöglich vor Schreck aus den Latschen gekippt: Ihr Vater im eleganten dunklen Anzug? Ist er etwa gerade auf dem Weg zu einer Beerdigung? Aber würde er dann eine rote Krawatte mit Tannenbaum-Motiven tragen?

»Frische Schlagsahne und heiße Kirschen gefällig?«, ruft Papa fröhlich und stellt zwei Schüsseln auf den Tisch.

»Du siehst aber ... schick aus, Papa«, platzt Noelle heraus. »So festlich.«

»Ha ha ha«, macht Papa amüsiert, »wie entzückend von dir, dass du meine Weihnachtskrawatte erwähnst. Ich trage sie zur Feier des Tages. Aber jetzt lass es dir erst einmal schmecken.«

Was ist denn mit ihren Eltern los? Sie wirken wie verwandelt. Mehr als das: wie von einem anderen Stern! Und wie seltsam sie reden ...

»Irgendetwas fehlt noch«, zwitschert Mama. Dann lacht sie glockenhell auf: »Jetzt weiß ich's – die Weihnachtsmusik. Und ein paar Kerzen!«

Auf einmal? Gestern noch hat sie diese Musik als kitschig bezeichnet und die Kerzen als »Schnickschnack«. Ob ihre Eltern sich wohl vorgenommen haben, nach dem misslungenen Heiligabend nun doch noch das Beste aus den Weihnachtsfeiertagen zu machen?

Da kommt Niclas ins Esszimmer geschlurft und unterbricht Noelles Gedanken mit einem gedehnten »Moooorgen«.

»Einen wunderschönen guten Morgen, liebster Sohn«, jubelt Mama und stellt Niclas sofort einen Teller mit einer Waffel hin. Ungläubig reibt der sich die Augen. Um sie danach umso erstaunter aufzureißen, als Papa ihm Sahne und heiße Kirschen reicht.

»Was ist denn mit euch los? Ist das hier die versteckte Kamera?«, nuschelt Niclas verblüfft.

»Sehr lustig, mein Junge«, lacht Papa. Dann wendet er sich an Mama: »Bist du sicher, dass du die Einkäufe allein schaffst, Herzallerliebste? Ich begleite dich gerne, ein Wort genügt.«

»Zu freundlich von dir, Mausebärchen«, antwortet Mama lächelnd, »aber eigentlich habe ich das meiste schon gestern erledigt. Heute muss ich nur noch zum Bäcker und zum Metzger.«

Noelle vergisst fast, in ihre Waffel zu beißen. Nicht nur, weil sich ihre Eltern »Herzallerliebste« und »Mausebärchen« genannt haben, was sie sonst niemals tun, sondern vor allem, weil sie vom Einkaufengehen reden. Weiß nicht jedes Kind, dass die Geschäfte an Weihnachten geschlossen haben? Sie wechselt einen kurzen Blick mit Niclas. Der deutet mit einem verständnislosen Schulterzucken an, dass auch er keinen blassen Schimmer hat, was hier gerade los ist.

Da klatscht Papa in die Hände: »Kinder, freut ihr euch schon darauf, gleich den Weihnachtsbaum zu schmücken? Dieses Jahr habe ich ein besonders stattliches Exemplar ergattert, ihr werdet staunen!«

Noelle und Niclas staunen schon jetzt. »Weihnachtsbaum schmücken? Heute?«

»Wenn nicht heute, wann dann?«, gibt Papa gut gelaunt zurück.

»Wieso – was ist denn heute für ein Tag?«, erkundigt sich Noelle ahnungsvoll.

Mama und Papa lachen herzlich. »Heiligabend, natürlich, Schätzchen. Was für eine Frage!«

Noelle ist fassungslos. Sie muss wohl träumen. Heiligabend? Das war doch gestern!

»Unsinn, heute ist …«, will Niclas widersprechen, doch Noelle versetzt ihm unterm Tisch noch rechtzeitig einen Tritt. Und damit niemandem sein »Autsch« auffällt, bricht sie in lautes Jubeln aus: »Juhuuu, den Weihnachtsbaum schmücken! Darauf habe ich mich schon das ganze Jahr über gefreut!«

Nun ist es Niclas, der sie unterm Tisch anschubst. »Du bist wohl auch verrückt geworden!«, raunt er ihr zu.
»Gleich in meinem Zimmer«, flüstert sie zurück.

»Was ist hier los?«, fragt Niclas sofort, als die Tür hinter ihm ins Schloss fällt. »Sind wir etwa in eine Zeitschleife geraten?«
»So ähnlich«, antwortet Noelle stirnrunzelnd.
Dann erzählt sie ihrem Bruder, wie sie gestern auf dem Weihnachtsmarkt Mitleid mit dem Bettler und seinem Hund bekommen, ihm das Futter und etwas Münzgeld geschenkt und von ihm zum Dank die Weihnachtswunschkugel bekommen hat.
»Dieses Ding hier soll so viel Zauberkraft haben?«, meint Niclas zweifelnd und betrachtet die Schneekugel.
»Ich würde es ja selbst nicht glauben, aber Tatsache ist nun mal, dass wir gerade den zweiten Heiligabend in Folge erleben. Und zwar einen, der fast zu schön ist, um wahr zu sein.«
Noelle weiß selbst nicht recht, ob sie sich darüber freuen soll, dass ihr Wunsch offenbar in Erfüllung gegangen ist. Doch vor allem ist sie froh darüber, nicht die Einzige zu sein, die sich überhaupt an gestern erinnert. Die Eltern scheinen nichts von der Wiederholung des Chaos-Heiligabends zu bemerken. Sie sind ganz damit beschäftigt, leckeres Essen zu servieren, gute

Laune zu verbreiten und einander mit Kosenamen anzureden.
»Und du meinst, dahinter steckt dieser Bastian?«, fragt Niclas zweifelnd.
»Du meinst Balthasar. Ob er dahintersteckt? Keine Ahnung. Aber er wusste, dass die Schneekugel besondere Kräfte hat.«
»Was genau hast du dir denn gewünscht? Erinnerst du dich an die Worte, die du gestern vor dem Einschlafen gesagt hast?«
Noelle schließt die Augen und versucht, sich zu konzentrieren. Zuerst will es nicht gelingen, doch als sie die Schneekugel in die Hand nimmt, geht es besser.
»Wenn ich mich nicht irre, habe ich gesagt: Ich wünschte, dieser Tag wäre nie passiert und wir würden stattdessen einen perfekten Heiligabend erleben. Sieht ganz so aus, als wäre exakt das passiert.«
»Ein perfekter Heiligabend?«, schnaubt Niclas. »Pah. Du glaubst wohl doch noch an den Weihnachtsmann.«
»Tu ich nicht!«, verteidigt sich Noelle.
»Es gibt keinen perfekten Tag. Das Leben ist nun mal kein Ponyhof.«
Da ist er wieder, dieser Von-oben-herab-Ton, mit dem Niclas so gerne mit seiner kleinen Schwester spricht. Doch heute wirkt er nicht ganz so selbstsicher wie sonst – und Noelle ist nicht ganz so leicht einzuschüchtern wie normalerweise.

»Das weiß ich doch alles, du Schlaumeier«, antwortet sie ruhig. »Aber wenigstens Weihnachten sollte so schön sein wie ein Kindergeburtstag. Mindestens. Am besten noch schöner. Und ich habe das Gefühl, das könnte heute funktionieren.«
»Träum weiter. Vielleicht erwachst du dann wieder in der Realität.«
»Wenn ich träume, dann träumst auch du gerade. Und dann findet dieses Gespräch überhaupt nicht statt.«
Für einen Moment schweigt Niclas. Dann steht er auf, geht in Richtung Tür und sagt: »Okay. Nehmen wir an, dieser Baldrian ...«
»Balthasar«, verbessert Noelle ihn.
»... dann eben Balthasar. Nehmen wir also an, er hat dir wirklich eine Wunschkugel geschenkt, die uns in eine Zeitschleife katapultiert hat. Und nehmen wir weiter an, in dieser Zeitschleife verbringen wir heute einen perfekten Heiligabend, was ich noch immer bezweifele. Was sollten wir dann deiner Meinung nach tun?«
Da muss Noelle nicht lange überlegen:
»Wir sollten ihn genießen und Spaß haben!«

7. Zu schön, um wahr zu sein?

Niclas hat absolut keine Ahnung, was hier gerade passiert, aber an die Sache mit der Wunschkugel und den perfekten Tag kann er einfach nicht glauben. So etwas gibt es doch nicht im richtigen Leben!

Andererseits gibt es eigentlich auch keine Zeitschleifen. Selbst auf den miserabelsten Heiligabend aller Zeiten folgt normalerweise der erste Weihnachtsfeiertag.

»Schaut mal, was für einen herrlichen Baum ich ausgesucht habe«, ruft Papa, der gerade zur Haustür hereinkommt. Wenn Niclas noch eine Bestätigung dafür bräuchte, dass er gerade eine Wiederholung von gestern erlebt, nur ohne Missgeschicke, Zank und Streit, dann liefern sie ihm in diesem Augenblick seine Eltern.

»Wie wunderschön!«, jubelt Mama, die bereits den Karton mit dem Weihnachtsschmuck aus dem Keller geholt hat. Auch der Christbaumständer steht schon im Wohnzimmer bereit. Der Stamm passt haargenau hinein.

»Krass«, murmelt Niclas erstaunt.

Die Tanne steht kerzengerade und ihre Äste sind absolut gleichmäßig. Wie man sie auch dreht, sie sieht von allen Seiten perfekt aus.

»Ich checke mal die Lichterketten«, fügt er dann etwas lauter hinzu. Doch das hätte er sich sparen können: Sämtliche Lämpchen funktionieren einwandfrei.

Dann schmücken Noelle und Niclas gemeinsam den schönsten Weihnachtsbaum, den sie je gesehen haben. Noelle steht auf einem Stuhl und befestigt die Kugeln, die Niclas ihr reicht, an den oberen Zweigen. Keine einzige geht zu Bruch! Als die beiden tauschen, gibt Noelle ihrem Bruder einen Stern nach dem anderen.

»Ich bin begeistert«, kommentiert Mama, als der Baum geschmückt ist. »Das habt ihr toll gemacht. Diese Tanne ist einfach vollkommen.«

Während Mama wieder in der Küche verschwindet, um den rundum gelungenen Kuchen aus dem Ofen zu holen, gibt Papa im Wohnzimmer auf dem Klavier ein Wunschkonzert für Niclas und Noelle. Die Kinder rufen ihm die Titel ihrer liebsten Weihnachtslieder zu und Papa spielt sie sofort auswendig.

»Ich wusste gar nicht, dass Papa so ein guter Musiker ist«, flüstert Noelle ihrem Bruder zu.

Wann in aller Welt hat er geübt? Er klagt doch immer, dass er nach der Arbeit zu müde dazu ist und dass er einfach zu selten zum Klavierspielen kommt.

»Und ich wusste nicht, dass wir hier im Schlaraffenland leben, wo uns alle Wünsche erfüllt werden. Es würde mich überhaupt nicht wundern, wenn es zum Mittagessen unser Lieblingsessen gäbe ...«

Niclas hätte darauf wetten sollen: Eine Viertelstunde später ruft Mama zum Mittagstisch. Es gibt Kartoffelpuffer mit Apfelmus. Lecker!
Doch irgendwie findet Noelle das auch unheimlich. Kann Mama etwa neuerdings Gedanken lesen?

»Egal, Hauptsache, es gibt mein Leibgericht«, beschließt sie und langt tüchtig zu.

»Kinder, freut ihr euch schon auf die Bescherung?«, will Mama wissen. Was für eine Frage!

»Ja, klar!«, lacht Noelle. »Wenn es bloß nicht so ewig dauern würde bis dahin. Mindestens fünf Stunden lang müssen wir uns noch gedulden, bis es dunkel wird.«

»Dann sollten wir die Wartezeit wohl versüßen«, lacht Papa. »Mit Mamas leckerem Kuchen – und einem Spielenachmittag. Was haltet ihr davon?«

»Musst du denn nichts anderes erledigen?«, fragt Noelle, die kaum glauben kann, was sie da hört.

»Was sollte ich erledigen müssen? Es ist Heiligabend, alle Arbeiten sind getan, da wollen auch Erwachsene mal ihren Spaß haben«, erklärt Papa fröhlich. »Es sei denn, ihr habt keine Lust zu spielen.«

Oh, und ob Noelle Lust hat! Sogar Niclas freut sich, auch wenn er nicht ganz so laut jubelt wie seine Schwester. Schließlich ist Jubeln uncool. Doch als er die erste Runde »Mensch, ärgere dich nicht« gewinnt, vergisst er das Coolsein völlig und freut sich lautstark. Und – o Wunder – es macht ihm auch gar nichts aus, dass er anschließend bei der Scharade verliert. Danach schlägt Papa ein Quiz vor, doch zuerst gibt es Kuchen und Kakao mit Sahne.

»Das ist der beste Kuchen, den du je gebacken hast, mein Sonnenschein!«, schwärmt Papa, gibt Mama einen Kuss und nimmt sich noch ein zweites Stück.

»Wirklich superlecker«, bekräftigt auch Niclas.

»Schmeckt total weihnachtlich«, sagt Noelle.

Mama strahlt.

Schneller als Noelle es zu hoffen gewagt hätte, ist es Abend. Draußen ist es schon fast dunkel.

»Zeit für die Bescherung«, verkündet Mama. »Kinder, ihr wartet in euren Zimmern, bis das Glöckchen läutet.«

»Sind wir dafür nicht schon ein bisschen zu groß?«, brummelt

Niclas, doch außer seiner Schwester bekommt niemand seinen Kommentar mit.

»Dafür ist man nie zu alt«, widerspricht Noelle. Allerdings findet auch sie es insgeheim ein klein wenig lustig, dass Mama und Papa so tun, als würde der Weihnachtsmann höchstpersönlich die Geschenke unter den Baum legen.

Apropos Geschenke – auf einmal hat sie das dumpfe Gefühl, dass sie irgendetwas vergessen hat. Nur was? Sie kommt einfach nicht darauf. Bevor sie länger darüber nachgrübeln kann, ertönt das silbrige Glöckchen, das schon Mamas Uroma gehört hat.

Als die Kinder das Wohnzimmer betreten, funkeln die Lichter am Weihnachtsbaum und spiegeln sich in den Christbaumkugeln. Die Deckenlampe ist ausgeschaltet, dafür sind alle vier Kerzen des Adventskranzes angezündet und im Kamin knistert ein behaglich wärmendes Feuer. Unter dem Baum türmen sich allerhand Päckchen mit großen, bunten Schleifen. Papa sitzt am Klavier und spielt »Ihr Kinderlein kommet« und Mama begleitet ihn auf der Gitarre.

Staunend bleiben Noelle und Niclas mitten im Raum stehen. Dann hören Mama und Papa auf zu musizieren und wollen, dass sie Gedichte aufsagen.

»Aber ich kann doch nur eins auswendig«, will Noelle gerade

einwenden, als sie feststellt, dass das gar nicht stimmt. Es fallen ihr gleich mehrere Weihnachtsgedichte ein. Sie sind sogar sehr schön – und sehr lang. Niclas geht es offenbar genauso, denn während er einen Vers nach dem anderen aufsagt, wird sein Blick immer ungläubiger.

Anschließend spielen Mama und Papa noch »Stille Nacht«, dann endlich ist es so weit: Die Geschenke werden verteilt. Noelle freut sich über die Bücher, die sie sich gewünscht hat. Außerdem bekommt sie noch ein paar Schlittschuhe. Was für eine schöne Überraschung!

Niclas packt zufrieden grinsend sein Computerspiel aus. Außerdem freut er sich über eine Digitalkamera. Er fängt sofort an, sie auszuprobieren.

Urplötzlich wird Noelle ganz blass vor Schreck. Bestürzt schubst sie Niclas an und sagt leise: »Unser Geschenk für Mama und Papa ... Wir haben es völlig vergessen. O nein!«

»Mist«, entfährt es Niclas. Er schaut gerade durch seine neue Kamera und will sie schon sinken lassen, als offenbar etwas, das er durch den Sucher sieht, seine Aufmerksamkeit erregt. Er zoomt es heran und deutet dann lässig mit dem Finger auf ein Päckchen, das noch in Geschenkpapier verpackt unter dem Baum steht. Gerade greift Papa danach. »Für unsere allerliebsten Eltern – von Niclas und Noelle«, liest er laut vor.

»Na, da sind wir aber gespannt!«

Und ich erst, denkt Noelle. Erwartungsvoll beobachtet sie, wie die Eltern das Präsent gemeinsam öffnen.

»Oh, wie schön«, kommentiert Papa, als ein würfelförmiger, leuchtend grüner Gegenstand zum Vorschein kommt. Noelle ist mehr als verblüfft: Das ist ja das Küchenradio! Genau das Gerät, das Niclas hätte kaufen sollen. Aber hat er das nicht vergessen? Und war der Laden gestern nicht geschlossen? Sie versteht gar nichts mehr.

Mama und Papa bekommen nichts mit von ihrer Verwirrung. »Ein neues Küchenradio, wie wundervoll, eine großartige Idee!«, ruft Mama aus. Sie schaltet den Apparat ein und als Papa sie mit einer eleganten Verbeugung zum Tanz auffordert, springt sie sofort auf.

»Wollt ihr nicht auch mitmachen?«, schlägt Papa vor.

Nein! Niemals würde Noelle freiwillig mit ihrem großen Bruder tanzen. Und niemals käme Niclas auf die Idee, etwas in der Art überhaupt zu tun – weder mit Noelle noch mit sonst einem Mädchen.

Doch statt genau das zu antworten, rufen die beiden wie aus einem Munde: »Au ja, wir probieren es aus!«

»Ich wollte das gar nicht sagen«, raunt Niclas seiner Schwester beim Tanzen zu.

»Glaubst du vielleicht, ich?«, gibt sie zurück. »Das ist einfach so aus meinem Mund gekommen, ganz ohne Absicht.«

»Keine Ahnung, was ich glauben soll. Ich tanze Walzer mit meiner Schwester. Unglaublicher wäre nur, wenn gleich ein Ufo in unserem Garten landen würde.«

»Man könnte glauben, wir wären ferngesteuert«, seufzt Noelle.

Zum Glück werden die beiden bald erlöst. »Ich brauche eine Pause«, japst Mama, »das ist ganz schön anstrengend. Und macht Hunger. Hat außer mir noch jemand Lust auf Raclette?«

»Jaaaaa!«, ertönt es dreistimmig.

Nach dem Essen sind alle müde. Sie haben sich die Bäuche so vollgeschlagen, dass sie sich kaum noch bewegen können. Niclas will schon fragen, ob er den Fernseher einschalten darf, da fällt zufällig sein Blick aus dem Fenster.
»Das gibt's ja gar nicht – es schneit!«, ruft er laut aus. Und tatsächlich: Draußen rieseln dicke, weiße Flocken zu Boden.
»Es sieht aus, als ob auch sie zur Musik tanzen würden«, sagt Mama. Und Papa ergänzt: »Wenn das so weitergeht, ist morgen früh alles weiß.«
Weiße Weihnachten? Das wäre wirklich perfekt, denkt Noelle. Genau wie sie es sich gewünscht hat: Dieser Tag war wirklich rundum gelungen. Es gibt nichts, was sie daran aussetzen könnte.
Oder vielleicht doch?
Während Mama und Papa den Tisch abräumen, wechseln Noelle und Niclas vielsagende Blicke. »Gleich in meinem Zimmer«, flüstert Noelle tonlos. Ihr Bruder liest es ihr von den Lippen ab und bestätigt mit einem Nicken, dass er verstanden hat. Dann dehnt und streckt er sich ausführlich, um anschließend zu verkünden, dass ihm gleich die Augen zufallen. »Das war so ein ereignisreicher Tag, ich schlafe gleich im Sitzen ein. Gute Nacht allerseits.«
Wenig später verabschiedet sich auch Noelle ins Bad, um Zäh-

ne zu putzen, und geht dann in ihr Zimmer. Kaum hat sie die Tür hinter sich geschlossen, klopft es von draußen leise an und Niclas tritt ein.

»Ich habe mich geirrt«, gibt er zu. »Ich habe geglaubt, es gäbe keine perfekten Tage. Aber dieser Heiligabend war wirklich mehr als gelungen. Er ist vollkommen!«

»Das ist ja das Problem«, seufzt Noelle.

8. Hilf mir, liebe Wunschkugel!

Noelle und Niclas haben es sich im Schneidersitz auf dem Boden bequem gemacht.

»Das war ein unglaublicher Tag«, sagt Noelle. »Der Kuchen war superlecker, der Baum wunderschön, die Stimmung bestens. Keine einzige Kugel ist zerbrochen, niemand hat gestritten, keiner hat vergessen, ein Geschenk zu besorgen.«

Sie schweigt. Dann fügt sie zögernd hinzu: »Das ist doch nicht echt.«

»Wie meinst du das?«

»Na ja … Es ist irgendwie zu schön, um wahr zu sein.«

Niclas nickt. »Du hast recht. Mir geht es ähnlich. Vorhin habe ich mich fast gefühlt wie in einem dieser altmodischen Filme, in denen auf einmal alle anfangen zu tanzen und zu singen.«

Da muss Noelle lachen. »Stimmt, es hätte nur gefehlt, dass Mama das Fenster öffnet und lauter Vögel und Eichhörnchen hereinkommen, die fröhlich mitzwitschern und um uns herumhüpfen.«

»Ich weiß nicht, ob mir dieses perfekte Weihnachten gefällt«, sagt Niclas. »Vorhin habe ich sogar versucht, mich mit dir zu streiten, aber es hat nicht funktioniert. Aus meinem Mund kommen nur nette Sätze. Das ist wirklich gruselig!«

Übertreibt Niclas da nicht? Nun ja, vielleicht ein wenig. Aber dass er den ganzen Tag über freundlich zu seiner Schwester war und sie kein einziges Mal geärgert hat, ist zumindest sehr ungewöhnlich.

Obwohl Noelle der neue, nette Niclas eigentlich besser gefällt als der, der sie ständig nervt, ist sie mit dem perfekten Heiligabend nicht so glücklich, wie sie gehofft hätte.

»Alles war so schön wie im Bilderbuch. Aber wo bleibt das weihnachtliche Gefühl?«

Belustigt zieht Niclas die Augenbrauen hoch. »So, so, du bist also unzufrieden mit der Erfüllung deines Wunsches? Wenn das dein Bertram wüsste ...«

»Er heißt Balthasar!«

»Na gut, dann eben Balthasar. Jedenfalls wäre er sicher ziemlich enttäuscht, wenn er wüsste, dass perfekt für dich nicht gut genug ist.«

Betroffen schluckt Noelle. Ist sie wirklich undankbar? Das täte ihr sehr leid. Aber es ging ihr doch von Anfang an nur darum, sich wieder so zu fühlen wie als kleines Kind an Weihnachten – so glücklich und aufgeregt und fröhlich.

Dann sagt sie entschieden: »Balthasar würde das sicher verstehen. Denn ich habe meinen Wunsch bestimmt total falsch formuliert.«

»Stimmt. Du hättest erwähnen sollen, dass wir keinesfalls miteinander tanzen dürfen.«

Noelle muss lachen. Aber dann wird sie rasch wieder ernst. »Ich möchte auch lieber wieder zurück in unser normales Leben.« Sie überlegt kurz. »Auch wenn das so fürchterlich sein kann wie der völlig verpatzte Heiligabend gestern. Aber das muss es ja nicht unbedingt. Vielleicht erleben wir morgen sogar genau den Heiligabend, den wir uns vorstellen. Schließlich haben wir ...«

»... die Weihnachtswunschkugel!«, vervollständigt Niclas ihren Satz.

Schnell steht Noelle auf, holt die Kugel und stellt sie auf den Boden zwischen sich und ihren Bruder. Eine ganze Weile betrachten die beiden sie nachdenklich. Sie sieht so klein und unauffällig aus. Und so harmlos. Wenn man sie so anschaut, kann man sich kaum vorstellen, dass sie Zauberkräfte besitzt.

»Na gut. Liebe Wunschkugel, heute wünsche ich mir, dass ...«

»Halt!«, warnt Niclas. »Diesmal sollten wir uns gut überlegen, was wir wollen.«

Da hat er gar nicht so unrecht. Das muss Noelle wohl oder übel zugeben. Aber welche Formulierung ist die richtige?

»Vielleicht sollten wir uns einen fast perfekten Heiligabend wünschen«, schlägt sie vor.

»Nein, das ist zu ungenau«, findet ihr Bruder. »Wer weiß, was geschieht, wenn die Kugel uns missversteht? Womöglich gehen dann die Christbaumkugeln kaputt UND wir müssen miteinander tanzen. Das wäre echt übel!«

»Allerdings. Also – was schlägst du vor?«

»Okay, warte. Ich habe eine Idee. Wie wäre es, wenn wir uns einen Heiligabend wünschen, an dem alles funktioniert, was funktionieren soll, und nichts kaputtgeht. Und an dem wir nichts tun müssen, was wir nicht wollen – also weder singen noch tanzen noch Gedichte aufsagen.«

»Ich weiß nicht«, sagt Noelle zweifelnd. »Das klingt alles so negativ. Kann es richtig sein, nur zu sagen, was man nicht möchte? Wäre es nicht besser zu sagen, was wir wollen?«

Klingt gut. Aber was genau ist das?

Da schlägt Noelle sich mit der flachen Hand gegen die Stirn. »Mensch, dass ich nicht gleich darauf gekommen bin!«, ruft sie aus. »Die Lösung stand auf dem Schild.«

Und dann verrät sie ihrem Bruder, der nicht die geringste Ahnung hat, wovon sie gerade redet, was sie von Balthasar gelernt hat: »Weihnachtsstimmung kommt von selbst, wenn man Freude schenkt. So einfach ist das! Wir müssen uns also nichts weiter wünschen als einen Heiligabend, an dem wahre Weihnachtsfreude verschenkt wird.«

Und los geht's! Langsam und deutlich spricht Noelle diesen Wunsch aus und lässt die Kugel dabei keine Sekunde aus den Augen.

»Okay, alles klar, die Sache ist geritzt. Dann geh ich jetzt ins Bett«, erklärt Niclas und steht auf.

»Nein, ist es nicht«, widerspricht Noelle, »die Kugel reagiert nicht.«

»Wie – sie reagiert nicht? Seit wann können Schneekugeln denn antworten?«

»Doch nicht so, wie du meinst. Gestern Abend war das anders. Da fing die Wunschkugel auf einmal an zu leuchten und dann spielte sie ein Weihnachtslied. Wenn nun gar nichts davon passiert, hat das mit dem Wünschen wohl nicht geklappt.«

»Vielleicht funktioniert sie nur ein einziges Mal?«, vermutet Niclas.

»Das wäre ja blöd.« Nachdenklich legt Noelle den Kopf zur Seite. Dann weiß sie es wieder: »Ich muss sie in der Hand halten und an dem Rädchen an ihrer Unterseite drehen!«, ruft sie aufgeregt aus.

Gesagt, getan. Genau wie am Abend zuvor nimmt Noelle die Weihnachtswunschkugel in die Hand und tastet nach dem winzigen Rädchen. Dann bewegt sie es mit den Fingerspitzen, während sie laut und deutlich sagt: »Ich wünschte, morgen wäre ein Heiligabend, an dem wahre Weihnachtsfreude verschenkt wird.«

Sofort beginnt die Kugel wieder zu leuchten.

»Da, ein grünes Licht!«, atmet Niclas auf. Gespannt beobachten die beiden, wie sich die Farbe über Gelb und Orange hin zu Tiefrot verändert.

»Aber wo bleibt nur die Musik?«, fragt Noelle.

Im gleichen Augenblick ertönt eine weihnachtliche Melodie. Niclas erkennt schon nach den ersten Tönen »Lasst uns froh und munter sein«.

»Na, das passt ja perfekt«, grinst er.

»Sagen wir lieber: Das klingt wunderschön und passend. Mit dem Wörtchen perfekt bin ich in Zukunft lieber etwas vorsichtig«, gibt Noelle lachend zurück.

9. Aller guten Dinge sind drei

Hat es geklappt? Wird es heute ein Heiligabend, an dem alle froh und munter sind, so wie in dem Weihnachtslied, das die Wunschkugel gespielt hat? Und vor allem: Ist überhaupt wieder der 24. Dezember? Noelles Kopf ist voller Fragen, als sie am nächsten Morgen erwacht. Sofort stürmt sie ins Wohnzimmer und atmet erleichtert auf. Denn dort sieht sie weder einen geschmückten Weihnachtsbaum noch neue Spielsachen oder bergeweise Geschenkpapier. Als ob die Bescherung vor etwas mehr als zwölf Stunden nie stattgefunden hätte.
Juhuuu!
Der Zauber hat also ein zweites Mal geklappt. Es ist tatsächlich Heiligabend – zum dritten Mal! Fragt sich nur, was für einer es sein wird. Hat sie den Wunsch diesmal richtig formuliert?
Und falls nicht: Wie viele weitere Versuche gibt es dann noch? Wer weiß, vielleicht erfüllt die Schneekugel unendlich viele Wünsche …
Womöglich könnte sie so viele Wiederholungen dieses schönsten Tages im Jahr erleben, wie sie nur will, denkt Noelle. Dann schüttelt sie heftig den Kopf, sodass ihre hellblonden Locken fröhlich auf und

ab wippen. Nein, das wäre ja auch langweilig. Dann wäre Weihnachten gar nichts Besonderes mehr. Sie nimmt sich vor, die Kugel heute Abend zu bitten, dass sie Niclas und sie zurück in die normale Welt bringt.

Dies hier ist der letzte Versuch – danach ist Schluss.

Plötzlich legt sich ein Schatten über Noelles Miene: Was, wenn sie in der Zeitschleife stecken bleiben? Nicht auszudenken! Dann müsste sie von nun an jeden Tag einen Weihnachtsbaum schmücken, anstatt in die Schule zu gehen und dort ihre Freundinnen zu treffen. Das wäre so öde! Dann würde sie auch nie wieder Sommerferien erleben, sondern immer nur eiskalte Wintertage. O nein ...

Zum Glück werden Noelles trübe Gedanken unterbrochen, und sie hat nun keine Zeit mehr, länger nachzugrübeln, denn in diesem Moment ruft Mama zum Frühstück.

Noch im Schlafanzug sitzt Niclas am Küchentisch und bestreicht gerade ein frisch gebackenes Brötchen mit Butter und Honig. Na, so etwas: Seit wann steht er denn an Ferientagen freiwillig so früh auf? Sonst liegt er doch am liebsten bis mittags in den Federn.

»Was hat denn unseren Langschläfer schon aus dem Bett vertrieben?«, neckt ihn Mama. Erleichtert stellt Noelle fest, dass

sie Jeans, Sweatshirt und Pferdeschwanz trägt statt dieser albernen Verkleidung von gestern.

»Ooooch«, macht Niclas, »ich war bloß neugierig, ob heute auch wirklich Heiligabend ist.« Mit einem Grinsen, einer unauffälligen Kopfbewegung in Richtung Wohnzimmer und einem Daumen-hoch-Zeichen signalisiert er seiner Schwester, dass er die Situation dort bereits gecheckt hat.

Noelle nickt und nippt genüsslich an der heißen Schokolade, die Mama zur Feier des Tages gemacht hat. Lecker!

»Warum kann ich heute nicht auch ein Kind sein?«, sagt Papa in gespielt nörgeligem Tonfall. »Dann bekommt man viel bessere Frühstücksgetränke und mehr Geschenke!«

Alle lachen. Doch dann fällt Noelle siedend heiß die Sache mit dem Geschenk für die Eltern ein. Steht es, wie gestern, schon im Wohnzimmer bereit? Oder hat Niclas, wie vorgestern, vergessen, es zu besorgen?

Mama zündet alle vier Kerzen des Adventskranzes an. Schließlich ist Heiligabend.

»Gute Idee, Felicitas«, sagt Papa. »Das riecht so schön festlich. Schade, dass unser Küchenradio kaputt ist, sonst könnte ich ein bisschen Weihnachtsmusik einschalten.«

»Dann musst du wohl selbst singen, Caspar«, neckt Mama ihn. Erleichtert nehmen die Kinder zur Kenntnis, dass ihre

Eltern sich beim Vornamen nennen – und nicht, wie gestern, mit diesen oberpeinlichen Kosenamen ansprechen.

»Leider, leider habe ich keine Zeit, ein Privatkonzert zu geben, denn ich habe noch ein paar Kleinigkeiten zu erledigen. Unter anderem will ich Salz auf den Gehweg streuen, damit niemand dort ausrutscht, falls es später schneit.« Das hat er vorgestern auch gesagt. Aber da klang er viel gestresster und lange nicht so gut gelaunt wie heute.

»Und dann bringe ich die Tanne ins Haus. Niclas, hilfst du mir dabei, sie aufzustellen? Danach könnt ihr beide den Baum schmücken. Habt ihr Lust?«

Und ob!

Niclas zwinkert seiner Schwester zu und wiederholt seine Daumen-hoch-Geste, als wollte er sagen: »Läuft doch super bisher!«

Stimmt, denkt Noelle, es läuft wirklich wie geschmiert. Alle sind gut gelaunt, niemand ist genervt, und die Kerzen funkeln; genau so, wie es ihr gefällt.

»Sag mal, Papa, hast du eigentlich eine Krawatte mit Tannenbäumen drauf?«, fragt Niclas unvermittelt.

»Eine Tannenbaum-Krawatte? Wie kommst du denn darauf? Zum Glück besitze ich

so etwas Abscheuliches nicht«, lacht Papa. Dann fügt er leicht erschrocken hinzu: »Oder wolltest du mir so eine schenken?«
»Verrate ich nicht«, grinst Niclas und macht etwas, was er noch nie zuvor getan hat: Er zwinkert seiner Schwester verschwörerisch zu.

»Möchtest du mir nachher beim Kuchenbacken helfen?«, fragt Mama, als Noelle ihr beim Tischabräumen hilft.
»Aber klar doch!«, ruft sie freudestrahlend aus. Und mit einem verschmitzten Lächeln fügt sie hinzu: »Ich muss doch aufpassen, dass du ihn nicht anbrennen lässt.«
»Scherzkeks«, gibt Mama zurück. Dann holt sie ein Rezeptbuch und schlägt es an einer markierten Stelle auf.
»Nusskuchen mit Schokoguss«, liest sie vor. »Wenn du magst, kannst du schon mal die Zutaten bereitlegen, während ich einkaufen fahre. Das dauert nicht lange, ich habe alles vorbestellt und muss es nur abholen. Danach können wir sofort loslegen.«
Eier, Mehl, Haselnüsse, Butter, Backpulver, Zucker, Schokoglasur ... Eine Zutat nach der anderen holt Noelle aus den Schubladen in der Küche. Dann stellt sie auch Rührschüssel, Mehlsieb, Teigschaber und Backform auf dem Tisch bereit. Normalerweise hätte sie doppelt so lang dafür gebraucht, aber

heute ist sie flink wie ein Wiesel. Sie beeilt sich sehr, schließlich hat sie noch etwas anderes zu erledigen, bevor Mama gleich zurückkommt.

Sobald alles bereitsteht, stürmt Noelle in Niclas Zimmer, ohne sich die Zeit zum Anklopfen zu nehmen.

»Hey, bist du verrückt geworden?«, poltert Niclas los. »Das hier ist mein Privatbereich.«

Ups! Niclas ist offensichtlich gerade dabei, sich anzuziehen. Sein Schlafanzug liegt dekorativ auf dem Boden, er selbst steht in Boxershorts und Socken da und funkelt seine Schwester entrüstet an.

»Komm, stell dich nicht so an«, sagt Noelle. »Im Schwimmbad hast du auch nicht mehr an.«

»Schon mal was von Anklopfen gehört?«, brummt Niclas. »Was willst du überhaupt hier?«

»Tut mir leid, ich war so in Eile. Ich suche ... Oh, da ist es ja. Super!« Mit diesen Worten deutet Noelle auf einen Karton, der im Regal zwischen Lego-Raumschiffen und dem Technik-Lexikon steht.

»Du meinst das Geschenk?«, fragt Niclas. »Keine Ahnung, wo das herkommt. Ist mir bisher nicht aufgefallen.«

Er stellt sich auf die Zehenspitzen und langt nach dem Pappkarton.

»Ich glaub's ja nicht: das Radio!«, jubelt Noelle. »Hurra! Und ich dachte schon, wir müssten wieder los, um in letzter Minute etwas einzukaufen.«

»Die Wunschkugel scheint zu funktionieren. Wenn man mal davon absieht, dass ich hier beim Umziehen eigentlich meine Ruhe haben wollte«, seufzt Niclas.

»Die hast du ab sofort«, sagt Noelle, die sich das Radio schnappt und den Rückzug antritt. »Ich packe das rasch ein, während du dich in Ruhe rausputzen kannst, liebster Bruder.« Und bevor Niclas eine schlagfertige Antwort einfällt, ist sie verschwunden.

Der Vormittag verfliegt im Nu. Das Kuchenbacken macht einen Riesenspaß und entschädigt Noelle dafür, dass Mama neulich keine Zeit hatte, um mit ihr Plätzchen zu machen.

»Am besten stellst du die Küchenuhr, damit sie klingelt, wenn der Kuchen fertig ist«, rät Noelle. »Sonst wird er womöglich wirklich schwarz.«

»Man könnte fast glauben, du traust mir nicht zu, dass ich einen simplen Rührkuchen pünktlich aus dem Ofen nehme«, meint Mama kopfschüttelnd. Noelle kommentiert das nicht. Sie weiß, wovon sie redet.

Als der Kuchen im Ofen ist, schmücken Noelle und Niclas gemeinsam den Weihnachtsbaum. Papa klimpert derweil auf dem Klavier herum, aber nachdem er jahrelang nicht geübt hat, verspielt er sich öfter, als dass er einen richtigen Ton trifft. Die Kinder machen ein Quiz daraus. Wer als Erster ein Lied errät, bekommt einen Punkt. Und wer am Ende die meisten Punkte hat, darf die Christbaumspitze auf der Tanne befestigen. Oh, wie lustig das ist! Lange sieht es so aus, als würde Noelle gewinnen, aber dann fällt ihr eine Kugel herunter. Sie gleitet ihr einfach aus der Hand.

Natürlich kommentiert Niclas: »Typisch Noelle!«

»Das hätte jedem von uns passieren können!«, verteidigt sie sich spontan.

Aber Papa lacht nur und meint: »Eine weniger, die wir nach den Feiertagen wieder in der Kiste verstauen müssen.«

Trotzdem: Von diesem Moment an ist Noelle verunsichert. Und so kommt es, dass Niclas Punkt um Punkt aufholt. Am Ende ist er derjenige, der das alles entscheidende letzte Weihnachtslied erkennt: »Oh, du fröhliche«, ruft er aus und damit hat er gewonnen. Er freut sich riesig und hüpft durchs Wohnzimmer, als wäre er Mario Götze und hätte gerade das Siegtor zur Fußball-WM geschossen. Doch Noelle ist kein bisschen eifersüchtig.

»Der dritte Versuch ist bisher der beste«, findet sie. Dieser Heiligabend ist nicht so chaotisch wie beim ersten Mal und nicht so perfekt wie beim zweiten Mal, sondern wunderbar normal. Aber die richtige Weihnachtsstimmung lässt noch immer auf sich warten.

10. So ein Pech ...

»Es schneit!«, jubelt Noelle, als sie gegen Mittag aus dem Fenster schaut. Ja, dicke, weiße Flocken fallen vom Himmel, und innerhalb kürzester Zeit bedeckt eine Schneeschicht die Straße vor dem Haus und die Wiese dahinter.

Es schneit kräftig weiter, als Mama pünktlich den Kuchen aus dem Ofen nimmt, der wunderbar goldbraun gebacken und kein bisschen schwarz geworden ist. Die Schneeflocken wirbeln immer dichter durch die Luft, während alle am Küchentisch sitzen und sich den Kartoffeleintopf mit Würstchen schmecken lassen.

»Leise rieselt der Schnee, still und starr ruht der See«, singt Papa beim Abräumen und Mama lacht: »Weiße Weihnachten sind ja traumhaft, aber dein schräger Gesang ist eher ein Albtraum, Caspar.«

»Du hast keine Ahnung von Musik«, gibt Papa breit grinsend zurück. Er weiß selbst, dass er selten einen Ton richtig trifft, aber das hält ihn nicht davon ab, lauthals weiterzusingen: »Weihnachtlich glänzet der Wald, freuet euch, 's Christkind kommt bald ...«

»Hilfe, Angriff auf die Ohren«, ruft Niclas laut. »Da bleibt nur die Flucht hinaus in den Schnee.«

Gute Idee! Inzwischen müsste es genug geschneit haben, um einen Schneemann zu bauen oder zumindest eine Schneeballschlacht zu machen. Rasch ziehen die Kinder sich Jacken, dicke Stiefel, Mütze und Handschuhe an und stürmen hinaus. Noelle wirft sich rücklings auf den Boden und bewegt Arme und Beine wie ein Hampelmann. »Jetzt sieht mein Abdruck aus wie ein Engel«, sagt sie zufrieden, als sie wieder aufgestanden ist, um ihre Spuren im Schnee zu begutachten.
»Wir heißen zwar Engel mit Familiennamen«, spottet Niclas, »aber du selber siehst eher aus wie ein Schneemonster.«
Noelles Augen beginnen zu funkeln. »Überhaupt nicht wahr! Das bekommst du zurück!« Sie formt einen Schneeball und wirft ihn in Richtung ihres Bruders.
Mist. Knapp vorbei!
Sie versucht es gleich noch einmal, doch Niclas kommt ihr zuvor und trifft sie mitten auf den Rücken. Während sich ihr Bruder bückt, um Schnee für neue Wurfgeschosse aufzusammeln, sucht Noelle quietschend vor Vergnügen Schutz hinter dem Apfelbaum. Ihre gepunktete Wollmütze ist bereits voller Schnee, ebenso wie die hellblonden Locken, die sich darunter hervorkringeln. Die perfekte Tarnung! Und tatsächlich übersieht Niclas, der mit Schneebällen bewaffnet über die Wiese schleicht und sie sucht, ihr Versteck.

Diesmal trifft sie ihn!

»Das ist die Rache des Schneeungeheuers«, brüllt sie und kommt triumphierend hinter dem Baum hervor.

»Waffenstillstand!«, schlägt Niclas nach einer Weile vor. »Lass uns lieber einen Schneemann bauen.«

Noelle ist einverstanden. So eine Schneeballschlacht ist ganz schön anstrengend. Stattdessen rollen sie nun eine riesengroße Kugel für den Unterkörper des Schneemanns, eine mittelgroße für seinen oberen Rumpf und eine kleine für den Kopf.

Für die Augen und den breiten, lachenden Mund verwenden sie Kieselsteine. Während Niclas ihm noch einen Zweig in die Seite steckt, der aussieht wie ein Besen, bettelt Noelle bei Mama um eine Karotte. »Wir brauchen sie unbedingt als Nase!«

Mama gibt ihr dann sogar noch einen alten Hut mit, den sie vor Jahren mal an Fasching getragen hat und für den sie nun keine Verwendung mehr hat. »Ein Schneemann ohne Hut ist ja wie ein Weihnachtsmann ohne Geschenke«, schmunzelt sie. Nur, dass es Schneemänner wirklich gibt – und den Weihnachtsmann leider nicht, denkt Noelle.

Die Zeit ist schneller verflogen, als Noelle gedacht hätte. Als sie und Niclas mit roten Gesichtern und kalten Ohren wieder ins Haus kommen, beginnt es schon langsam zu dämmern.
»Wenn ihr euch umgezogen habt, gibt es Abendessen«, kündigt Mama an. »Freut ihr euch auf Raclette?«
»Au ja«, jubeln die beiden. Das Toben im Schnee hat sie hungrig gemacht. »Ich könnte ein ganzes Wildschwein essen«, behauptet Niclas.
»Damit können wir zwar nicht dienen, aber Mama hat bergeweise Käse gekauft und so viel Gemüse und Fleisch, dass wir dich garantiert satt bekommen«, lacht Papa.

Doch zuerst müssen sie noch die nassen Schneestiefel zum Trocknen auf eine Matte stellen und die tropfenden Schneeanzüge aufhängen.

»Haare fönen nicht vergessen, sonst erkältet ihr euch noch!« Niclas verzieht zwar kritisch das Gesicht, weil er Haarefönen mädchenhaft und überflüssig findet, aber er will das Abendessen nicht unnötig hinauszögern. Also tut er, was Mama verlangt hat. Das Brummen des Föns kann jedoch sein lautes Magenknurren nicht vollständig übertönen.

Als endlich alle am Tisch sitzen, die riesige Auswahl an Essen bewundern und gerade zugreifen wollen, um ihr erstes Raclette-Pfännchen zu füllen, ertönt ein lauter Knall.

»Hoffentlich ist der Fernseher nicht explodiert!«, ruft Mama erschrocken aus.

»Klang eher wie ein Gewitter«, findet Papa.

Nein, das Gewitter vorgestern – an diesem ganz und gar verunglückten Heiligabend – hörte sich irgendwie anders an.

»Ich glaube, das kam von der Straße. Vielleicht gab es einen Unfall«, ruft Niclas und springt auf, um zur Haustür zu rennen. Noelle folgt ihm auf den Fersen, Mama und Papa ebenfalls.

Direkt vor dem Haus steht ein Auto, das bis oben hin vollgepackt ist. Auf dem Dach befindet sich eine Skitransportbox, doch die ist momentan kein bisschen interessant. Worauf alle starren, ist die Motorhaube, denn aus deren Fugen qualmt es gerade wie aus einem Fabrikschlot.

»Du liebe Zeit! Schnell, einen Feuerlöscher!«, kommandiert Mama, die für jedes nur denkbare Drama immer einen Notfallplan parat hat.

»Gute Idee«, sagt Papa und macht sich auf den Weg in den Keller, um ihn zu holen.

»Das Nummernschild ist nicht von hier«, stellt Niclas fest, »die müssen schon einen weiten Weg hinter sich haben.«

In diesem Moment wird der Warnblinker des liegen gebliebenen Wagens eingeschaltet, dann öffnen sich alle vier Türen gleichzeitig. Nacheinander steigen ein Mann mit Bart, eine dunkelhaarige Frau und zwei Kinder aus. Ein Mädchen und ein Junge, ungefähr im Alter von Niclas und Noelle. Das Mädchen hat schwarze, lange Haare und der Junge trägt eine braune Mütze. Sie sehen sehr müde und nicht besonders glücklich aus.

»Da ist wohl nichts mehr zu machen«, seufzt der Vater. »Der Wagen ist hinüber. Ausgerechnet heute.«

»In einer guten Werkstatt wird man ihn bestimmt wieder reparieren können«, sagt die Mutter optimistisch.

»Aber doch nicht an Heiligabend ...«

Da kommt Papa mit dem Feuerlöscher. »Hallo, mein Name ist Caspar Engel. Wir wohnen gleich hier und haben Ihre Panne mitbekommen. Der Knall war ja nicht zu überhören. Vielleicht sollten wir erst einmal verhindern, dass hier noch Schlimmeres passiert?«

»Nett von Ihnen«, sagt der Mann. »Ich bin Chris Schäfer, das hier ist meine Frau Nathalie. Und unsere Kinder heißen Stella und Gabriel. Eigentlich sind wir auf dem Weg in den Skiurlaub. Das heißt, um diese Zeit wollten wir ursprünglich schon längst da sein, doch dann kam ein Stau dazwischen. Und danach haben die Kinder Hunger bekommen und wir sind von der Autobahn abgefahren. Nun sind wir hier gestrandet.« Er seufzt tief. »Am besten rufe ich jetzt sofort einen Abschleppdienst an.«

»Wollen Sie nicht hereinkommen und im Warmen auf Hilfe warten?«, schlägt Mama vor. »Draußen ist es doch viel zu kalt, die Kinder frieren sicher schon.«

»Ja, coole Idee!«, findet Noelle. Sie liebt es, Besuch zu bekommen. Auch wenn das an einem Tag wie heute eigentlich eher unüblich ist.

»Aber wir können doch nicht mitten in Ihren Heiligabend hineinplatzen«, wehrt Nathalie Schäfer ab.

Doch Mama beruhigt sie: »Kein Problem, wir helfen gerne. Ich bin übrigens Felicitas.«

Während Papa und Chris den Motorraum mit Schaum löschen, machen sich alle anderen auf den Weg ins Warme.

»Ich könnte ein ganzes Wildschwein verputzen, solchen Hunger habe ich«, murmelt Gabriel.

»Genau das habe ich vorhin auch schon gesagt«, nickt Niclas und reibt sich den knurrenden Magen.

Stella kichert vor sich hin. »Gabriel ist voll verfressen«, flüstert sie Noelle ins Ohr.

»Brüder sind doch alle gleich«, gibt die grinsend zurück. »Soll ich dir mein Zimmer zeigen?«

Eine Viertelstunde später sind Noelle und Stella so in ein

Gespräch über coole Bücher und nervige Brüder vertieft, als würden sie sich schon seit Jahren kennen. Und irgendwie hat Noelle auch fast das Gefühl, dass es so wäre. Eine Freundin wie Stella hat sie sich schon immer gewünscht.

Nebenan hören die Jungs viel zu laut Musik, während sie Niclas' Geheimvorrat an Lebkuchen plündern.

»Der war für Notfälle«, erklärt er Gabriel, »und das hier ist definitiv einer. Immerhin sind wir kurz vorm Verhungern!«

Die Erwachsenen versuchen unterdessen, eine Werkstatt oder wenigstens ein Abschleppunternehmen anzurufen, doch sie erreichen überall bloß den Anrufbeantworter.

»Es hat wohl keinen Sinn«, seufzt Chris Schäfer frustriert.

»Wir sollten uns lieber ein Hotelzimmer suchen«, ergänzt Nathalie. »Eigentlich wollten wir ja durchfahren bis zu unserem Ferienhaus in Österreich, aber daraus wird nun wohl nichts.«

»Heiligabend im Hotel? Kommt gar nicht infrage!«, ruft Mama entschieden aus. »Warum bleibt ihr nicht einfach hier?«

11. Es ist genug für alle da

Dass die Erwachsenen immer aus allem so ein Riesenproblem machen! Anstatt »Hurra!« zu rufen und sich einfach nur über die Einladung zu freuen, zögern sie und zweifeln und zieren sich.

»Aber wir können doch nicht einfach in euer Weihnachten reinplatzen«, protestiert Stellas und Gabriels Mutter. Das hat sie vorhin schon gesagt, als Mama die Schäfers ins Haus hineingebeten hat. Und nun wiederholt sie es immer wieder.

»Wir können doch nicht« scheint so etwas Ähnliches zu sein wie »ich muss«, denkt Noelle traurig. Sie fürchtet schon, dass aus dem gemeinsamen Abend mit der Familie Schäfer nichts wird. Dabei wäre das doch einfach wunderbar!

Zum Glück widerspricht Papa sofort: »Doch, ihr könnt sehr wohl bei uns hereinplatzen«, grinst er. »Und vor allem: Das habt ihr längst getan. Also lasst uns das Beste aus diesem Abend machen! Ihr seid zwar nicht in eurem Ferienhaus in Österreich gelandet, aber bei den Engels zu Hause. Felicitas und ich freuen uns, euch bei uns zu haben. Und die Kinder sowieso.«

»Jaaaa!«, ertönt das vierstimmige Jubelgeheul von Noelle, Niclas, Stella und Gabriel.

»Na, ihr seid euch ja offenbar einig«, sagt Chris, »aber ich weiß nicht – Weihnachten ist doch ein Familienfest. Da wollt ihr sicherlich lieber unter euch bleiben.«

»Unsinn«, sagt Mama. »Denkt doch an Maria und Josef, die nirgends eine Unterkunft gefunden haben, außer in einem Stall. Das ist Weihnachten! Esel und Rinder haben wir hier zwar keine, aber jede Menge zu essen. Ich habe mal wieder viel zu viel vorbereitet, davon werden wir alle satt. Ich hoffe, ihr mögt Raclette.«

»Ich liebe Raclette! Und ich habe so einen Hunger!«, ruft Gabriel.

»Du liebst jedes Essen«, zieht ihn seine Schwester Stella auf.

»Na und? Immerhin bin ich seit dem Sommer mindestens zehn Zentimeter gewachsen, du Zwerg«, gibt er zurück.

»Mein Körper braucht Nahrung und zwar ganz viel. Und möglichst bald!«

»Also, Gabriel ...«, beginnt seine Mutter, doch der Rest ihrer Zurechtweisung geht im allgemeinen Gelächter unter.

Am Tisch geht es an diesem Abend viel lebhafter zu als sonst im Hause Engel. Es wird viel gelacht und geredet und noch mehr gelacht. Natürlich auch gegessen und getrunken. Mit so vielen Leuten macht Raclette erst richtig Spaß, findet Noelle. Auch Niclas strahlt bis über beide Ohren, weil er sich so gut mit Gabriel versteht. Genauso wie Noelle mit Stella. Und auch die Erwachsenen scheinen sich blendend zu amüsieren. Zum Glück haben sie endlich aufgehört, davon zu reden, was sie alles noch erledigen müssen oder was man nicht tun darf. Stattdessen erzählen sie einander von ihren Kindheitserinnerungen.

»Ich weiß noch, wie mein Vater einmal einen fürchterlichen Baum angeschleppt hat. Der war einfach nur armselig – völlig schief und überall haben Zweige gefehlt. Meine Mutter hat damals den ganzen Abend über die Tanne geschimpft!«, lacht Papa. »Trotzdem wurde das eines meiner allerschönsten Weihnachtsfeste. Ich habe eine Eisenbahn bekommen, die ich

mir lange gewünscht hatte, das weiß ich noch ganz genau. Ich war der glücklichste Junge auf der ganzen weiten Welt.«
»Und ich erinnere mich am liebsten an das Fest, als ich ungefähr zehn war«, sagt Nathalie. »Ich durfte zum ersten Mal meinen Eltern dabei helfen, den Weihnachtsbaum zu schmücken. Aber dann bin ich gestolpert und habe eine Kiste mit Kugeln fallen gelassen. Keine einzige ist heil geblieben, alle sind zerbrochen!«
»Das gibt es doch gar nicht!«, ruft Noelle aus. Kann das wirklich wahr sein, dass jemand genau dasselbe erlebt hat wie sie vorgestern, an diesem völlig verkorksten Heiligabend? Natürlich versteht niemand außer Niclas, was Noelle so zum Staunen bringt. »Warum sollte es so etwas nicht geben?«, fragt Nathalie freundlich. »Christbaumkugeln sind ganz schön zerbrechlich. Wenn die runterfallen, gibt es garantiert Scherben.«
»Kann ich mir lebhaft vorstellen«, sagt Niclas. »Und wenn es passiert, ist die Weihnachtsstimmung im Eimer.«
»Nicht unbedingt! Bei uns wurde es noch richtig lustig. Wir haben den Baum mit Watte aus dem Badezimmer und Alufolie aus der Küche geschmückt. Das sah richtig gut aus. Am Ende wurde es einer der schönsten Heiligabende meiner Kindheit«, erzählt Nathalie. »Aber nicht, dass ihr das jetzt unbedingt ausprobieren wollt.« Sie lacht.

»Oh, bestimmt nicht!«, versichert Noelle und versucht, dabei möglichst überzeugend zu klingen. Die Sache mit dem schiefen Weihnachtsbaum und den verunglückten Kugeln hat sie schließlich längst hinter sich. Und einmal genügt ihr das vollkommen!

Dann sind alle pappsatt und es wird Zeit für die Bescherung. Chris holt die Pakete aus dem Auto. Eigentlich hatten die Schäfers ja geplant, sich erst im Ferienhaus die Geschenke zu überreichen, aber Gabriel und Stella wollen nicht bis morgen warten und die Erwachsenen eigentlich auch nicht.
Mama und Papa freuen sich sehr über das grüne Küchenradio. »Perfekt«, findet Mama, »dann können wir beim Frühstück endlich wieder Musik und Nachrichten hören. Und Papa muss nicht mehr selbst singen.«
Alle lachen.
Noelle bekommt Bücher, CDs und Schlittschuhe. Obwohl das eigentlich keine große Überraschung mehr für sie ist, glühen ihre Wangen vor Aufregung und sie freut sich riesig. Genauso wie Niclas über das Computerspiel und die Digitalkamera. Zufälligerweise hat auch Gabriel eine Kamera bekommen, und so fangen die beiden Jungs sofort an, die Geräte auszuprobieren und sich gegenseitig zu knipsen.

»Wahrscheinlich wird es von diesem Heiligabend mehr Fotos geben als von allen davor und danach zusammen«, sagt Mama. Passenderweise bekommen Chris und Nathalie von ihren Kindern einen Kalender mit den schönsten Familienfotos des vergangenen Jahres. Der Dezember ist noch frei – für das schönste Weihnachtsbild dieses Jahres.

»Klasse Idee«, findet Noelle.

Dann hat sie selbst einen großartigen Einfall: »Leider habe ich kein Geschenk für dich, Stella«, sagt sie. »Ich konnte ja nicht ahnen, dass ihr heute hier strandet. Aber wie wäre es, wenn wir Geschenke tauschen?«

Stella ist sofort begeistert. Unter ihren Päckchen, die sie noch nicht ausgepackt hat, wählt sie ein flaches, fast quadratisches aus. Noelle gibt ihr dafür ein etwas dickeres, rechteckiges Geschenk, das sich als Pferdebuch entpuppt.

»Super, ich liebe Pferde!«, freut sich Stella.

Dann packt Noelle das flache Päckchen aus. »Ein Hörspiel! Wie cool!«

Spontan beschließen die Jungs, es den Mädchen nachzumachen, und so bekommt Gabriel das Kartenspiel, das eigentlich für Niclas gedacht war, während der ein Buch über Zaubertricks auspackt.

Danach stimmt Nathalie ein Weihnachtslied an. »Lasst uns froh und munter sein«, singt sie. Papa setzt sich ans Klavier, und nach ein paar Fehlversuchen findet er die richtige Tonart, um Nathalie zu begleiten.

Ist das nicht genau das Lied, das die Weihnachtswunschkugel gestern Abend gespielt hat?, denkt Noelle, doch sie kann sich nicht mehr so richtig erinnern. Aber eins weiß sie: dass sie nicht länger auf der Suche sein muss nach dem richtig echten Weihnachtsgefühl, das sie zuletzt hatte, als sie klein war und noch an den Weihnachtsmann glaubte. Denn heute ist es wiedergekommen.

Sie denkt an Balthasars Worte: »Weihnachtsstimmung kommt von selbst, wenn man Freude schenkt.« Er hatte ja so recht damit!

Niclas boxt ihr in die Rippen. »Denkst du gerade an den alten Berthold?«, flüstert er.

»Balthasar heißt er«, verbessert sie ihn leise. »Und ja – das tue ich. Ich finde, das hier ist der schönste Weihnachtsabend aller Zeiten!«

Und er wird noch schöner, als die Erwachsenen zu musizieren anfangen, während die Kinder am Tisch Monopoly spielen und einen Riesenspaß dabei haben.

»Es ist kaum zu glauben, was du für ein Würfelglück hast«, staunt Noelle, nachdem Stella zum fünften Mal einen Sechserpasch wirft.

»Sie hat sowieso ein Riesenglück, immerhin hat sie mich als Bruder«, kommentiert Gabriel todernst. Doch dann zwinkert er Niclas verschwörerisch zu und alle müssen lachen.

»Du hast einen Knall. Sei mal froh, dass ich deine Schwester bin«, kontert Stella schlagfertig.

Es ist schon spät, als die Erwachsenen die Instrumente zur Seite legen und das Klavier zuklappen.

»Zeit fürs Bett«, sagt Mama.

»Ooooch, warum müssen wir denn schon schlafen gehen?«, protestieren Noelle, Niclas, Stella und Gabriel. »Wir sind noch hellwach!«

Doch da hilft kein Bitten und kein Betteln: »Ihr könnt ja euer Gähnen kaum unterdrücken«, lächelt Mama. »Ab mit euch!«

Während sie die Betten im Gästezimmer frisch bezieht und Matratzen in die Kinderzimmer legt, räumen die anderen rasch die leeren Gläser und Flaschen in die Küche. Dann heißt es Zähneputzen und schlafen gehen.

»Hier ist es noch viel schöner als im Skiurlaub! Ich wünschte, wir könnten noch länger bei euch bleiben«, seufzt Stella, als die beiden Mädchen sich zugedeckt und das Licht gelöscht haben.

»Ja, das wäre schön«, flüstert Noelle zurück. Und für einen winzigen Moment überlegt sie, ob sie Stella das Geheimnis von der Weihnachtswunschkugel und der Heiligabend-Zeitschleife erzählen soll. Aber dann würde Stella sie womöglich für völlig verrückt halten. Außerdem hat Noelle das Gefühl, dass sie damit Balthasar verraten würde. Und wer weiß – vielleicht würde Stella sich sogar selbst etwas wünschen wollen? In den letzten beiden Tagen hat Noelle gelernt, dass man damit sehr vorsichtig sein muss. Wenn man seinen Wunsch nicht genau genug formuliert, kann wer weiß was passieren.

Also sagt sie lieber nichts.

Stattdessen streckt sie den Arm nach der Wunschkugel aus, die auf ihrem Nachttisch steht, und umschließt sie mit ihrer Hand. Sie fühlt sich glatt und beruhigend an.

»Gute Nacht«, hört sie Stella flüstern.

»Schlaf gut«, antwortet Noelle. »Und träum was Schönes. Was man in der ersten Nacht in einem fremden Bett träumt, das soll ja in Erfüllung gehen, hat Mama erzählt.«

»Dann träume ich am besten, dass wir für immer Freundinnen bleiben«, murmelt Stella im Halbschlaf.

Bald danach hört Noelle ihre tiefen, gleichmäßigen Atemzüge. Sie selbst ist viel zu aufgewühlt, um jetzt schon einzuschlafen. Was für ein wundervoller Abend, denkt sie. Viel schöner als das perfekte Bilderbuchweihnachten gestern. Und das alles verdankt sie Balthasar.

Balthasar.

Ob es ihm gut geht? Hoffentlich friert er nicht heute Nacht. Immerhin hat es geschneit …

Noelle gähnt. So langsam übermannt sie die Müdigkeit. Kurz bevor ihre Augen endgültig zufallen, dreht sie noch das Rädchen an der Unterseite der Wunschkugel. »Mach, dass Balthasar und sein Hund Angel nicht frieren, liebe Kugel«, murmelt sie leise.

12. Alles Zufall?

Die Wunschkugel liegt direkt neben Noelles Kopfkissen, als sie am Morgen erwacht. Sofort denkt sie wieder an den gestrigen Abend und ihre neue Freundin. Rasch stellt sie die Kugel auf ihren Nachttisch und ruft dann fröhlich: »Guten Morgen, Stella!«

Aber es kommt keine Antwort. Schläft Stella etwa noch? Noelle knipst ihre Nachttischlampe an und schaut hinunter zu der Matratze auf dem Boden, doch sie ist leer.

Hat sie etwa alles nur geträumt?

Nein, das kann nicht sein, denn sonst läge auf dem Boden ja nicht die Matratze mit den zerknüllten Schlafsachen. Noelle springt aus dem Bett und beugt sich hinunter. Die Decke fühlt sich noch ganz warm an und auf dem Kopfkissen liegt sogar ein langes, schwarzes Haar. Ganz eindeutige Beweise dafür, dass Stella wirklich hier übernachtet hat. Aber wo ist sie dann jetzt?

In diesem Moment stürmt Stella ins Zimmer und platzt gleich mit der wichtigsten Neuigkeit heraus: »Draußen liegt jede Menge Schnee, viel mehr als gestern Abend, es muss die ganze Nacht geschneit haben! Bestimmt gibt es auf den Straßen ein Verkehrschaos und wir bleiben noch länger bei euch. Dann haben wir den ganzen Tag Zeit, draußen zu spielen. Ach, ich freue mich so!«

»Das klingt ja super!« Noelle ist sofort begeistert. »Warst du schon draußen?«

»Nein, ich habe einfach nur im Wohnzimmer aus dem großen Fenster in den Garten geschaut.«

»Du warst im Wohnzimmer? Und ... stand dort ein Weihnachtsbaum? Lagen Geschenke darunter?«, fragt Noelle plötzlich ganz aufgeregt.

Verblüfft zieht Stella die Augenbrauen hoch. Was für seltsame Fragen ihre Freundin heute Morgen stellt!

»Der Weihnachtsbaum? Klar ist der da. Und die Geschenke natürlich auch. Wer sollte die denn über Nacht weggeräumt haben? Gibt es bei euch vielleicht Kobolde? Oder wird hier öfter mal eingebrochen?«

Oh! Da hätte sie sich aber beinahe verplappert. Erschrocken beißt sich Noelle auf die Unterlippe, während sie fieberhaft überlegt, wie sie sich am besten herausreden kann, ohne dass Stella sie für plemplem hält.

»Neee«, sagt sie schließlich, »eingebrochen wurde bei uns zum Glück noch nie. Aber ich habe manchmal seltsame Albträume, die sind fast gruseliger als Kobolde. Und heute Nacht war es besonders schlimm: Ich habe geträumt, dass nichts von dem, was gestern passiert ist, Wirklichkeit wäre. Schrecklich, oder? Es gab keinen Baum, keine Geschenke, keine Autopanne, keine Gäste ...«

»Wie gut, dass du aufgewacht bist«, lacht Stella. »Ich habe heute Nacht etwas Schönes geträumt: Wir haben uns Briefe geschrieben und du hast mich in den Sommerferien besucht. Wir sind am Stausee im Strandbad schwimmen gegangen und haben sogar einen Segelkurs zusammen besucht. Klingt toll, findest du nicht auch?«

O ja! Und wenn wirklich wahr wird, was man in der ersten Nacht in einem fremden Bett träumt, dann stehen den beiden wundervolle Sommerferien bevor.

»Am besten frage ich meine Eltern gleich nachher beim Frühstück, ob ich dich in den Sommerferien im nächsten Jahr wirklich einladen darf. Hoffentlich sagen sie auch ja!«, schlägt Stella vor.

»Ja, das machen wir«, sagt Noelle. »Ich habe riesigen Hunger, fast so wie Niclas und Gabriel gestern Abend. Los, lass uns den Tisch decken!«

So langsam scheint das Haus zu erwachen. Aus Niclas' Zimmer dringt leises Gelächter und bald darauf laute Musik, im Bad rauscht das Duschwasser, im Flur sind Schritte zu hören und in der Küche klappern die Mädchen mit den Tellern. Bald tauchen dort auch Mama und Papa auf, schieben Brötchen in den Backofen, kochen Frühstückseier und schalten das neue Radio an.

»Ihr Kinderlein kommet«, singt Nathalie laut mit, als sie die Küche betritt, dicht gefolgt von ihrem Mann und den beiden Jungs.

»Du singst fast so wunderschön wie Papa«, kommentiert Niclas.

»Ist das etwa ein Kompliment?«, fragt Nathalie gut gelaunt.

»Nein, ein Scherz«, klärt Niclas sie auf. »Dein Gesang ist völlig anders als der von Papa – nämlich richtig toll.«

»Na warte, Sohnemann«, protestiert Papa mit gespielter Strenge.

»Also, wir sind hier doch nicht beim Gesangswettbewerb«, sagt Mama und setzt sich zu den anderen an den Frühstückstisch. »Und jetzt greift zu!«

Das lassen sich die anderen nicht zweimal sagen. Die Erwachsenen trinken Kaffee, für die Kinder gibt es Tee und heiße Schokolade. Das ist so lecker, dass Stella um ein Haar verges-

sen hätte, dass sie ihre Eltern dringend etwas fragen wollte. Zum Glück fällt es ihr rechtzeitig wieder ein:
»Darf Noelle mich in den Sommerferien besuchen?«
»Aber natürlich darf sie das«, sagt ihr Vater. »Das heißt, wenn Felicitas und Caspar nichts dagegen haben.«
»Haben sie nicht«, sagt Mama – und was sie außerdem noch sagen will, geht im Jubelgeheul der beiden Mädchen unter.
Dann müssen alle ganz leise sein, denn im Radio laufen die Verkehrsmeldungen.
Winterliche Verkehrsbedingungen. Schneechaos auf den Autobahnen. Räumfahrzeuge sind unterwegs. Bis Mittag wird sich die Lage aber beruhigt haben.
Lieber wäre es den vier Kindern gewesen, wenn der Nachrichtensprecher empfohlen hätte, heute das Auto lieber ganz stehen zu lassen.
»Das passt gut zu unserem Zeitplan«, findet Chris. »Wenn wir es schaffen, im Laufe des Vormittags einen Leihwagen zu mieten, können wir uns am frühen Nachmittag auf den Weg zum Ferienhaus machen.«
»Kein Problem, ich fahre dich gleich zur Autovermietung, die laut Telefonansage heute Vormittag geöffnet ist«, schlägt Papa vor. »Und dann versuchen wir noch einmal herauszufinden, welches Abschleppunternehmen Notdienst hat.«

Während die Erwachsenen sich um das Auto kümmern, stürmen die Kinder nach draußen, um das wunderschöne Winterwetter zu genießen. Es sieht aus wie im Märchen: hoher Schnee, strahlender Sonnenschein, blauer Himmel – und vier glückliche Kinder.

»Unser Schneemann von gestern ist vollkommen zugeschneit, den müssen wir erst einmal reparieren – so wie die Werkstatt euren Wagen«, sagt Niclas.

»Außerdem muss sich ein einzelner Schneemann ganz schön einsam fühlen«, findet Stella. »Lasst uns eine Familie für ihn bauen!«

Und genau das tun sie! Zuerst entsteht eine Schneefrau mit langen Haaren aus kleinen Ästchen, danach drei unterschiedlich große Schneekinder mit lachenden Mündern aus Kieselsteinen. Als sie damit fertig sind, wetten die Jungs, dass die Mädchen es nicht schaffen, einen Schneeball über das Dach des Hauses zu werfen.
»Kinderleicht«, behaupten Noelle und Stella, doch ihre Versuche gehen alle schief.
»Beweist erst einmal, dass ihr das könnt«, fordert Noelle die Jungs heraus. Und als sich herausstellt, dass sie es ebenfalls nicht hinbekommen, müssen die Mädchen so sehr lachen, dass Stella einen Schluckauf bekommt und Noelle die Tränen über die Wangen laufen.

Doch auch der schönste Weihnachtsmorgen im Schnee geht einmal zu Ende. Und schon bald nach dem Mittagessen wird es Zeit, Abschied zu nehmen. Noelle hilft Stella dabei, ihren Rucksack zu packen.
»Wenn du was vergessen hast, ist es ja nicht schlimm«, sagt sie, »wir sehen uns auf jeden Fall in einer Woche wieder, wenn ihr auf dem Rückweg den Mietwagen wieder abgebt.«
Darauf freuen sich alle schon sehr.
Die beiden Mädchen tauschen Adressen aus und versprechen,

einander regelmäßig zu schreiben. Stella will gleich im Urlaub damit anfangen und Noelle eine Postkarte schicken.

Die Jungs finden Briefe und Karten albern. Aber auch sie wollen auf jeden Fall in Kontakt bleiben, sich SMS schicken, zu Onlinegames verabreden und miteinander chatten.

Während Stella und Noelle die letzten Minuten vor der Abreise nutzen, um den bevorstehenden Besuch in den Sommerferien zu planen, fährt draußen der Abschleppwagen vor. Die beiden Väter reden mit dem Fahrer, und auch die Jungs schauen zu, wie er das kaputte Auto der Schäfers mit einem Kranhaken auf die Laderampe zieht.

Dann ist es so weit. Der Mietwagen ist gepackt und es kann losgehen. Natürlich nicht, ohne sich vorher mit vielen Umarmungen und guten Wünschen voneinander zu verabschieden. Man könnte wirklich glauben, die beiden Familien würden sich schon seit Jahren gut kennen.

Noelle kämpft mit den Tränen, als die Familie Schäfer schließlich losfährt und zum Abschied winkt. Sie fühlt sich fast, als hätte sie eben erst einen wertvollen Schatz gefunden und müsste ihn gleich wieder hergeben. Am liebsten würde sie in ihr Zimmer rennen und die Schneekugel um die Erfüllung eines letzten Wunsches bitten, aber dann würde sie womöglich die Abreise der Schäfers verpassen.

Also schluckt sie den Kloß im Hals hinunter und winkt dem Wagen tapfer hinterher, der langsam immer kleiner wird und schließlich hinter einer Kurve verschwindet.

»Ich komme gleich nach«, murmelt sie, als Mama und Papa hinein ins Warme gehen. Sie braucht erst noch einen Moment für sich allein, damit niemand sieht, dass sie doch ein bisschen weinen muss.

Auch Niclas hat es nicht eilig. Interessiert beobachtet er den Abschleppwagen. Noelle schenkt dem Fahrzeug zuerst keine Beachtung, doch dann sieht sie aus den Augenwinkeln, dass der Fahrer ihr zuwinkt. Irgendwie kommt er ihr bekannt vor. Aber als sie die Tränen aus den Augen gewischt hat, ist er bereits losgefahren. Sie erkennt nur noch eine Wollmütze, zottelige Locken und einen Bart. Und schon ist er abgebogen.

Dann fällt ihr ein, an wen der Fahrer sie erinnert hat: an Balthasar, den Bettler! Der hat auch so einen Bart getragen.

In diesem Moment stellt sich Niclas zu ihr. Er deutet in die Richtung, in die der Abschleppwagen verschwunden ist, und sagt: »Hast du den hübschen schokobraunen Hund auf dem Beifahrersitz gesehen?«

Geistesabwesend schüttelt Noelle den Kopf. Darauf hat sie überhaupt nicht geachtet. Dann stutzt sie. Ein schokobrauner Hund? So einer, wie Balthasar ihn hatte? Das ist ja ein Ding ...

»Genau so einen Hund wünsche ich mir. Glaubst du, dass Mama und Papa mir erlauben, dass ich einen bekomme? Ich werde auch ganz fest versprechen, regelmäßig mit ihm Gassi zu gehen«, redet Niclas weiter.

Noelle hört ihm nur mit halbem Ohr zu. Ihre Gedanken rasen. Warum in aller Welt sieht der Abschleppfahrer aus wie Balthasar? Was hat das alles mit der Weihnachtswunschkugel zu tun? Hatte Balthasar das alles geplant? Auch dass sie Stella und ihrer Familie begegnet ist? Kann das wirklich Zufall gewesen sein?

»Nein, das ist unmöglich!«, murmelt sie vor sich hin.

»Glaubst du? Och, schade, Hunde sind so toll und klug.«

»Aber das meine ich doch nicht«, antwortet Noelle mit einem geheimnisvollen Lächeln. »Wenn du es dir nur genug wünschst, wirst du bestimmt so einen Hund bekommen. Auch wenn Mama und Papa vielleicht zuerst dagegen sind.«

»Wie kannst du da so sicher sein?«, staunt Niclas. »Glaubst du neuerdings an Wunder?«

Noelle lacht nur. »Klar«, denkt sie, »und außerdem glaube ich vielleicht wieder an den Weihnachtsmann. Ein bisschen jedenfalls.«

Natürlich behält sie das lieber für sich. Große Brüder können ziemlich blöd sein. Und deshalb ist es besser, wenn sie nicht alles erfahren.

© privat

Heike Abidi, Jahrgang 1965, liebt Bücher, seit sie lesen kann. Bevor 2012 ihr erster Unterhaltungsroman erschien, studierte sie Sprachwissenschaften und wurde freiberufliche Werbetexterin. Die Autorin bezeichnet sich selbst als glücklichen, positiv denkenden Menschen – deshalb schreibt sie am liebsten Bücher voller Lebenslust, um ihren Lesern ein Lächeln ins Gesicht zu zaubern und natürlich echte Weihnachtsfreude zu bescheren. Mit Mann, Sohn und Hund lebt Heike Abidi in der Pfalz bei Kaiserslautern.

Stefanie Jeschke studierte Visuelle Kommunikation an der Bauhaus-Universität in Weimar. Bereits während des Studiums illustrierte sie Kinder- und Jugendbücher für verschiedene Verlage. Sie lebt und arbeitet in der historischen Stadt Treuenbrietzen in ihrem über 100 Jahre alten Haus, wo sie regelmäßig Ausstellungen in ihrem »Atelier für Illustratives« veranstaltet. Und immer wieder kommt Weihnachten für sie völlig überraschend, so dass sie immer erst in der letzten Minute Geschenke für ihre Lieben besorgen kann.

© Henrike Hiersig